城市#輕文學

比蝴蝶飛更遠

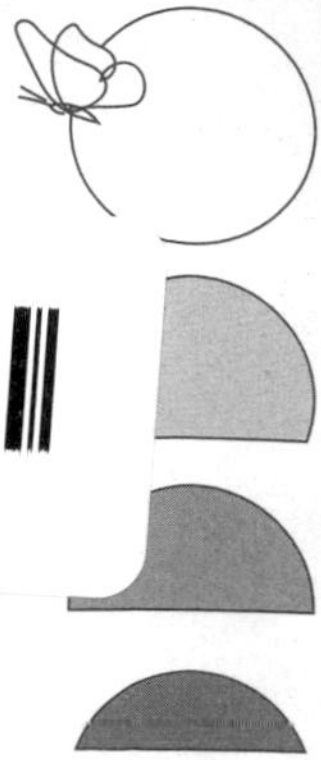

[illegible]效應的
43種生活。

作者—
王冬維、Gayle Wang、朱小亞、江河紅、何榮幸、呂靜雯、李淑楨、李繼開、易方、易林、林怡芬、林曉郁、法拉、邱仁輝、春美小姐、胡昭安、Micro Who 胡發祥、張永霖、張艾嘉、飯田祐子、黃仁逵、Wong How Man、黃偉倫 Frank Huang、黃新凱、楊智明、獅子王、Vivian Yu、詹毅文、雷光夏、廖又蓉、劉伯言 劉佳淑、劉政芳、劉銘、劉鋆、潘源良、Rita Ip、蕭雅全、賴加瑜、駱彼得、薛慧瑩、謝文心

“The world has kissed my soul with its pain,
asking for its return in songs. “

「世界以痛吻我，要我報之以歌。」一泰戈爾《漂鳥集》

目錄

等待隧道盡頭的光

二〇二〇年二月十二日晚上，我收到李繼開的短文，敘述了一月二十三日武漢封城之後，他的生活內容。李繼開是我的作者，他為依揚想亮寫了兩本書，一本詩集，一本散文。

二月十三日，前往工作室的路上，我以高速穿過台六十四線的觀音隧道，這條隧道貫穿南北，連結著八里外總是灰色的海與喧囂的台北盆地。隧道裡封閉黝暗，空氣污濁。我想到此刻正在封閉城市裡畫畫寫字的李繼開。封閉的城市，限制了人們的移動，但總會有一種通道，不管是通南北還是東西，那個通道讓我們彼此可以問候你還好嗎。

後來，我發了一封信給我的作者和朋友們：

「我們每個人的二〇二〇年二月多多少少都讓武漢肺炎影響了。在這裡，我誠心向你邀稿，請你寫一篇關於二〇二〇年二月的文章，你在做甚麼，想甚麼，看到甚麼，不一定需要跟武漢肺炎有關。可以寫，可以畫，可以拍照……。」

於是有了這本書，集結了四十三位作者。武漢的李繼開，率先用文字敲開了黑暗隧道的一個天井，然後張艾嘉也在香港開了窗，火星人駱彼得在寂靜無聲的北京街頭點了蠟燭，民生東路的蕭雅全用一個吻點破了口罩的防禦，邱仁輝醫師站在第一線張開雙手守護著我們，雷光夏帶我們從視覺的孤獨之書通往沒有邊境的音樂之路。張永霖，向黑澤明致敬般地用了五個夢，將現實裹上寓言的糖衣，讓人會心一笑。香港的黃仁逵，畫筆像是隱形的針尖，刺出一封塵土飛揚的武漢家書。飯田祐子以其日本人重視細節的方式用中文寫出了她的東京二月，一如以往的關愛了生活裡的不安、醜陋、愚蠢與屎。劉伯言，更是以「我就在這裡」的真實言語紀錄了武漢的封城前後。

於是陸陸續續有了聲音，在國境封鎖、人們停止握手、擦肩而過只剩疑慮眼神的此刻，這本書給了我們人性本應有的溫暖。二〇二〇年二月，只是我們每個人生命裡的一段剖面，看到各自形成紋理的同時，我們或許會發現，全世界的人生活雖然各有不同，但其實也沒那麼不同，全球化的快速讓我們同步共享了一切的美好與不好。

昨日降溫後，今早陽光乍現，家裡的兩隻黑狗兄弟欣喜地在院子裡的野草間追逐，兩隻白色小粉蝶低空嬉鬧了一陣後停在了掉落地面的櫻花上，不到兩秒又輕輕拍翅飛走。這樣的蝴蝶振翅，會帶給遠方甚麼樣的改變嗎？他能夠把春天來了的訊息送給在武漢的李繼開或劉伯言嗎？武漢肺炎這個震動，確實讓整個地球感受到了，至少這本書裡的四十四個篇章也算是一種武漢效應吧。

空氣裡夾雜不安，但生活仍要繼續，也仍在繼續。隧道裡封閉黝暗，空氣污濁，不管行駛的速度多慢或多快，我知道我總會在一段時間之後見到出口的光束。李繼開說的：期待疫情結束後的相聚吧！

＊在此特別感謝這四十三位作者沒有稿酬的熱情參與，以及禹利電子分色有限公司贊助印製。
本書扣除成本後的所得都將捐給台灣 CDC。

在我記憶中武漢市從來沒有這麼安靜過

在我記憶中武漢市從來沒有這麼安靜過，最近出門街頭空無一人，前些日子裡微信在傳東湖的野豬都下山了，在二環線上狂奔，也不知是真是假。隨著這次疫情的加重，人們也都習慣了很多事情：比如時常滿天飛的謠言。這段日子裡武漢時不時會出一下冬日的暖陽，溫暖的照在這個世界，仿佛什麼壞事情都沒有發生過一樣。由於人們大都窩在家裡，戶外活動減少，可以看得到天上的鳥明顯多了起來，待在屋子裡的人們看著成群的鳥飛過，多少也會想起這個世界也是屬於牠們的。

一進二〇二〇年就遇上了這場疫情，之前我足足寫了一個月的論文。人便是這個樣子，真正明白走投無路時心便開始靜了下來，就像這場疫情之初，人們先是由不太在乎到全面恐慌，從最初關在屋裡一星期的沉悶和無處發洩，到習慣於自我保護的長時間足不出戶……這既是沒有辦法，也是在限制中的一種適應。同時知道的是，一方面是安安靜靜待在家裡的人們，另一方面是外邊兒已經亂了套的世界。

想起一月二十三號凌晨打開手機，看到了封城的消息，方知這次疫情的嚴重，我本打算可以趁春節開車外出轉轉風景，也就全泡湯了。那封城的一兩天也許是比較混亂的時刻，以至於我擔心加油站加不到油，超市會搶購一空，但這一切並沒有發生。至少到目前為止，日常物資供應是充足的。封城通知發布後的一個多星期後的夜晚九點多，我聽到了四周樓房裡傳出的此起彼伏的嘶吼聲，那是很多人在網上約好打開窗戶喊「加油」，這也是一種發洩吧，人們終於被自己關進了各自的籠子裡了。

如此又過了許多天，時而天陰下雨降溫，時而豔陽高照，每天都有壞消息和一些好消息。由於是春節假期的緣故，人們待在家裡也就漸漸習慣了，總比不幸中招躺在醫院或求醫而不得四處奔走的人們幸運。人們很多打算中斷了，很多事情停擺了。武漢三鎮相接連的各個大橋上橋面空空，公汽地鐵全面停運。整個城市空前的安靜，連下雨的啲啲聲都聽得清楚。外出的人們戴著口罩，遠遠看到一個路人也會有意回避，不想給自己和給別人添麻煩。是的，這個事情已經足夠糟糕了。

我每天刷微信朋友圈時覺得這真是一個壞世界，身處日常生活時又覺得和從前相比，只是變安靜和空曠了，少有極端的事情發生被我目睹。當然，我基本上也是足不出戶，因為總是有事情不停在幹，先是繼續修改文章，之後又是開始了被中斷一段時間的繪畫。好在年前囤了不少東西，在物流快遞暫時停擺的現在，還不需要保持以往網上頻繁購物的習慣。

我搬到了我從前的一個工作室去，這裡綠地面積很大，還有南湖環繞，工作室空間也足夠大。我最開始每日晝夜顛倒，漸漸輪回般又倒了回來，現在作息正常且規律。每天看著菜地裡的青菜在生長，好多肥胖的野貓在遊蕩，布穀鳥在不遠處「布穀布穀」的叫，那聲音可以傳得很遠。晴天時黃昏樹林裡麻雀一群一群的嘰嘰喳喳聊天，這可愛的大自然，和從前一樣。

於是在天氣好的時候我開始每天就著陽光畫畫，畫了戴口罩囤貨的人的形象，這年月大家都需要囤點貨，我院子周邊地裡有的白菜青菜胡蘿蔔。有時我想如果蘿萄葉是豬尾巴，一拽拽出一頭豬來該多好。二〇一九年豬肉漲價太厲害了，這場疫情牛豬肉價格就更高了。人在物價面前，也是隨波逐流。

每天勞動一下，持續畫畫也是一種充實，想太多也要落在實處去動筆，自己認定的好壞也不太重要了，就當自己是一個勞動的農夫吧。我每天晚上看一兩部電影，這段時間補看了不少從前沒看的影片，電視節目是多少年沒有看過了。想想這段疫情的非常時期也是一個教訓和一次演練，人們已經習慣待在一個安居樂業的世界很長時間了，但世事無常才是恒常之態，當遇到不習慣的事物來臨時還要有吃苦耐勞的準備，這些波動都是每一代人命運的一部分。另外自己也覺得中國人真是天性善良，是易於管理的群族，龐大數字的人群就這樣聽眾號召全窩在家裡，社會的基本面也沒出現大的動盪跡象，客觀來說這真是很難得的表現。這二〇二〇年一開頭這個世界就不順，澳洲大火、美伊衝突、連科比也離奇去世了……像是夢一樣。

我住的地方離鐵路近，那是一段老鐵路，安安靜靜時經常聽到火車駛過鐵軌的聲音，開得遠了還鳴幾聲笛，聲音和院子裡布穀鳥的「布穀布穀」叫聲一樣傳很遠去，像是這些火車載著過去世界的人和事，經過了我安靜的畫室，然後奔向到未知未來的某個地方去了似的。我一邊聽火車經過的「咣咣噹噹」聲音一邊攪弄著畫筆上的顏料，這讓我覺得有些事情地老天荒，就像人餓了要做飯吃一樣。這些日子由於不能點外賣，外面餐館也關了門，自己簡簡單單弄點一日三餐竟也能耐得下心來了：米飯餃子湯圓麵條……這樣子也挺好的，每天幹這麼多周而復始事情，一件不拉下的話一天竟也滿滿當當，白天一晃而過。我本也是不愛熱鬧的人，有時雖然也不喜歡這樣的日子，但臨到頭也沒有什麼選擇，還是依照習慣去過自己重複日子。畫畫作為勞動可以讓人感到踏實，所以這段時間的繪畫我就直截了當、不假思索的去畫，不去作過多的思考，依靠這副肉身形成的工作習慣只當一種勞動而已，懶得去想那麼多了。每天和筆和顏料打交道，我就是自己小廚房裡的那個不合格的廚子。

這一下子天又黑了下來，一天又要過去了，現在武漢封城已是二十天過去了，全國各地別的城市也都處在嚴控狀況之中，剛剛我從窗戶望出去，看見樹林裡一個人在散步，當他遠遠看到另外一邊走過來一個人時，默默靜悄悄地隱身了。一時間我看得恍恍惚惚的，這些在外透一口氣的遊蕩影子連同這前所未有、無限安靜的天地，竟是我進入二〇二〇年面臨的最初景象。

李繼開 /《口罩》

說你什麼好呢？

剛剛從醫院複查回到家裡不久，手機上彈出了台灣朋友的郵件提醒。大意是：她收到一個武漢朋友的郵件，是關於武漢封城之後的一些生活體驗。她想邀請一些朋友分享一下在此期間的生活感受。然後集結出版，把售書的款項捐到需要的地方。

當時沒有立即回覆，因為前一週剛剛做了小手術，大部分時間在床上休息。寫作也是自己的弱項，不知道能否完成這個作業。夜裡失眠，身體健康的自己，陰差陽錯平生第一次手術竟然與疫情重疊在一起，總是有些不同尋常的地方。

二〇一八年夏天，剛剛在崇禮建好新工作室，從冬季開始，畫畫直到來年五月，期間兩週回一次家，之間的週末和朋友開車出去玩。以前不太熟悉這個二〇二二年冬奧會舉辦地，現在近水樓臺，一年多的時間各個地方幾乎都轉遍了。五月後的半年裡沒有創作一件作品。從春天採野菜開始，然後繁殖觀賞鳥和金魚，二十天行程一萬兩千四百五十公里自駕新疆旅行。採蘑菇和釣魚一直到十月，因為氣候的因素不能繼續才罷手。當然，種植蔬菜一直是日常行為，即使是冬天，溫室裡也是綠色如春天。之前的記錄是二〇〇三年 SARS 時期連續釣魚三個月。

我創作總是階段性的。繪畫材料用完了，剛好也該停下來思考一下之後的創作。到了全新的環境，加上春天大自然的誘惑，吃喝玩樂一發不可收。半年多停止創作是從開始學習繪畫以來的第一次。

自己的心理年齡偏低，雖然已是大叔的年齡，但是一百個不服，鍛煉一直沒有停止，只是強度不是很大。夏天心血來潮想加大力度，購買了一些健腹的器械，幾個月下來，上身肌肉明顯加強。

做一件事情總會遇到瓶頸，這時候如果有其他的愛好，就可以轉移視線，調節自己的情緒和狀態。慢慢的，自己的愛好越來越廣泛，日常生活創作基本沒有情緒上的困擾。繪畫對自己來說不是唯一的事情，只是最主要的事情而已。其實生活中有很多有趣事情，只是你沒有進入其中。

思考中斷，重新開始創作要醞釀很長時間。對於別人來說，可能畫畫是隨時隨地可以開始的事情，但對我來說，重新開始創作非常困難，因為不會重複以前的東西，就像不會重複去同一個地方旅行一樣。

藝術不只是畫一幅畫那麼簡單的事情。它是一種生命態度和狀態。童年及青少年所經歷的，潛移默化地影響你如何看待這個世界及如何與之相處，成年後的心智慢慢加強和明確了你的想法，生命態度和狀態逐漸形成，為人處世的方法是以這種思想建立的，這即為你的生命情調。你的一切行為即是你的作品，作品只是你生命情調的外化，生命情調決定藝術情調。作品的深度體現在你將以多大的誠意把你的生命情調轉化為你的藝術情調。

十二月的某一天，早上起床的時候，覺得大腿與腹部之間有一剎那的不適，當時以為是腹肌器械鍛煉引起的。不適感時斷時續，就沒有在意。期間全力以赴創作和練習非洲鼓，創作滿意的時候，就忘乎所以。飲食開始不規律，啤酒，咖啡沒有間斷，直到一月二日腸胃感到不適，偶然發現便血才感覺事情有點嚴重。

工作室在山邊獨立的一個院落，離村裡有幾百米遠，為了減少麻煩，基本不出門，只是有事情才出門順帶購買生活必需品。多年不看官方新聞，外面資訊都來自微信的公眾號。公眾號大部分是自己感興趣的自媒體，時事，天文，音樂和藝術類。除了每天要做的事情，休閒的時候瀏覽一下資訊。當然，不是沒有一點官方消息，比如，每天都能重複聽到村裡的大喇叭在播放關於做好冬奧會森林防火的注意事項。

元旦那天，無意間看到有公眾號說中央電視台報導武漢有人製造和散播謠言的事，官媒經常會有這樣的訊息發出，後來證實，大部分謠言都是真有其事，所以只是晃了一眼標題。這不是中央電視台第一次報導謠言的事情，在不同場合和地點都能聽到這樣的聲音——不信謠不傳謠。另外還有一句是——不要妄議中央。

後來的半個多月靜心創作，一切風平浪靜，所有的激情都用在創作和玩鼓上。腹部不適以為注意一下飲食就會好的，直到15日再次便血，才感覺事情嚴重而不敢怠慢。家人督促，16日親友托人去做了腸鏡和血液檢查，結果是腸炎，略為緊張的心情放鬆下來。

與此同時，網路上談論武漢出現疫情的事情多了起來。這才聯想到央視武漢謠言的事。檢查完回工作室第一時間聯繫在武漢的哥哥，本以為他們會知道得更多，不曾想他們幾乎不瞭解發生了什麼，只是知道有這回事而已。哥嫂都是大學教授，按理說應該比常人更敏感一些，各方面資訊更多一些，但好像沒有。

平靜了幾天，20日之後，微信平台開始暴漲武漢新聞。平心而論，當時自己只是把它當成新聞熱點，因為離自己很遠，根本沒想過這件事會影響到自己。直到22日看到微信公眾號一篇〈武漢已經無路可退〉的文章和美國開始撤僑的消息，才真正覺得事態已很嚴重。當還沒來得及反應的時候，第二天武漢突然封城。

武漢封城之前，沒有哥哥微信，平時電話聯繫。得知封城之後，第一時間加了微信，因為來自很多自媒體公眾號的消息和視頻越來越多，想把一些防護措施發給他，另外也想轉一些公眾號的帖子，讓他提高防範意識。也許是因為他們的居住區相對人口密度低，即使有個別病歷，他們也不知道，或者他們只看官媒的報導，大家還處於萬人宴的一片祥和之中。百姓當然就不以為然。

同是23日，財新網的公眾號發了一篇採訪，病毒專家香港教授管軼的帖子〈SARS專家管軼：這次我害怕了〉，他預言這次肺炎是SARS的感染的十倍起跳。我當時的直覺是相信他的預測，但這樣的預測卻遭到大量的網路攻擊和謾罵。現在預言成真，和第一個吹哨人李文亮相比，他的哨聲起到的作用應該同樣重要，讓頭腦清醒的人大大提升了防護意識。

24日除夕，原計畫今天回北京過年。同以往回家一樣，去溫室準備帶回家的蔬菜，吸取去年餓死小鳥的教訓，把鳥放到小籠子裡，一起帶回北京。年前計畫在家一週之後和朋友去溫泉游泳，所以把游泳裝備也準備好了。在溫泉的外面有一個池塘，也想試試新買的路亞釣具。把去溫泉所要帶的東西都放在門口，只等一週後取上裝備出發。

每次回家都會體驗到，天空由藍色，變得淺藍到灰藍到灰白的過程。除夕高速免費，但往北京方向的車比平時少很多，除了檢查站停了一下幾乎暢通無阻，這在以往絕無僅有，平添了一種陌生感。

和往常一樣，到家後第一時間去洗澡。淋浴時偶然發現腹部有些左右不對稱，當時以為是視線錯覺。關掉淋浴之後才發現腹部右側有一個凸起，直覺告訴我身體肯定出了問題。

與小時候在書本上獲取知識已經完全不同，現在可以快速透過網路獲取想要瞭解的東西。雖然沒有強大的谷歌，還是可以獲取一些普及性知識。開始以為是腫瘤，但很快在網路上查到腹壁疝的病症，與自己的感覺非常相像。遺憾的是，要想徹底解決問題必須要透過手術。因為有 SARS 的經歷，如果現在不去看病，最好的結果也要等到半年以後疫情結束，所以立刻網上預約掛號。

這是從母親去世以來最悲傷的事。不是害怕手術，只是非常擔心以後不能再做劇烈運動，從此脆斷成老年狀態。而且居然發生在農曆二〇一九的最後一天，病情與疫情疊加。

自從春節聯歡晚會變成正能量的政治宣傳以後，已經多年不看了，原本以為因為武漢疫情的嚴重程度會停播，但傳來的資訊是全國人民依然一片祥和歲月靜好。

而自媒體公眾號和朋友圈的資訊基本都是關於疫情的，好像與大部分國人活在兩個平行世界。

確診和死亡人數在不斷增加，很多國家都開始撤僑，航空停運。各個省市都已經一級回應，但奇怪的是武漢的防控總是慢半拍，物資短缺，資訊不暢，管理混亂，病人無法住院。豆瓣上到處都是求助的帖子，豆友們相互轉發，資訊互通，很多求助都在豆瓣上得到解決。豆瓣上的大部分都是文藝青年，像武漢當地的青年志願者一樣，為普通民眾解決了很多問題。

疫情之前，網上查找新的非洲鼓學習視頻。雖然習鼓已經四年，但都是網上零散自學，想系統性提高一下。發現有付費的幾內亞非洲鼓大師邦古拉的視頻。本來就想在春節期間購買學習，現在預期要手術，後期一定會在家休息一段時間，所以果斷購買。

等待看病的幾天，除了學習非洲鼓，幾乎大部分時間都在關注武漢疫情，不論是早上，晚上，還是半夜醒來，都是第一時間馬上拿起手機。隨著局勢的進一步惡化，全國的假期被延遲。春節之後計畫去游泳的溫泉賓館也在微信裡告知停業了。

一月最後一天，預約看病的時間到了。因為要八點半之前取號，依往常的經驗，離看病的朝陽醫院有四十多公里的路程，擔心堵車，另外也怕沒有車位。所以六點就出發了，外面還是漆黑一片，出了社區才發現平時走的路口已經被封上，頓時感覺北京的事態有些不對。因為SARS期間社區也沒有封閉路口，只是郊區農村的村裡有封閉檢查。掉頭到一個主要街道，道路已經封閉一半，路邊隱約放著出口的大牌子。

不知是天黑還是有霧霾的原因，視線不是很好。大街上很少的車，上了進城的高速，車也是寥寥無幾。原本擔心的堵車完全是多餘，北三環也是一路暢通，這和SARS時期在城裡的情況完全一樣。已經十七年沒有體驗過了，但依然記憶猶新。平時喧囂繁忙的大都市突然門可羅雀是非常驚悚的感覺。

天朦朦亮就到了門診大樓，進門有測量體溫的工作人員。空曠的大廳只有幾個人，完全看不出北京看病難的樣子。很多年沒來過醫院，現在的確有了一些變化，不用去排隊了，直接到機器上掃描取號，付錢也是掃描完成，完全沒有之前擔心的那麼繁瑣，幾分鐘搞定。雖然帶兩層口罩，還是避免搭電梯，按掛號單上的位址，乘手扶梯到了六樓指定的外科診室，已經很多人等候。

八點剛過，聽到喊我到腹壁外科診室。預約之前，在網上查了一下，朝陽醫院的腹壁外科有二十多個醫生，而且是全國唯一有這項專科的醫院。最後選擇了副主任醫師專家號。自己的印象裡，專家一定是德高望重的長者，至少也是六十左右的資深專業人員。後來一琢磨，若是正常退休年齡是六十歲，那麼上班的專家也不過五十到六十之間吧。這樣一想，自己也是專家的年紀了。

果不其然，敲門進去，雖然相互都帶著口罩，憑直覺判斷專家和自己年齡差不多。詢問了病情，然後觀察撫摸腹部的情況，果斷說需要手術。專家簡單介紹了一下手術方式和使用的材料，最後聽他的建議，選擇了開放手術及生物補片。開了二月3日的住院單並注明專家本人手術，附帶了他們團隊的宣傳冊，整個就診過程不到一刻鐘。

從門診大樓出來才八點半，天空灰暗，沒有一點生氣。三環上的車增加了一些，依然暢通，到了G6高速，出城的車輛更少，很快就到家了。

二月3日的手術，2日要辦理住院和檢查，但手術是在石景山區五環外的朝陽醫院西院，離家五十公里，道路不熟，而且是醫院推遲上班工作日的前一天，估計去辦理住院的人會很多，所以還是淩晨出發。

結果和第一次看病的路況相同，一路暢通。西院規模顯然比本院小多了，應該是後來加盟的，門診大樓前一排平房外寫著發熱門診的牌子。門診大樓一樣會測量體溫，大廳裡人也不多。八點前到了二樓外科診室，幾個護士好像有些忙亂。不一會兒，開始讓患者和陪同家屬測量體溫並且填一個表格，內容是姓名，身分證號碼，有沒有去過湖北或是其他地方，有沒有發熱等等。

在我的前面，第一個掛號的患者進入診室很長時間，醫生（不是做診斷的醫生）在向他解釋著什麼，有些手足無措的樣子。十幾分鐘後患者拿著一些單子出來。原來是讓所有辦理住院的患者必須要先進行血液和CT檢查，這兩項沒有問題才能辦理正式住院手續。而且醫生說開了CT檢查單今天也可能做不上（平時做這項檢查要預約）。即使今天做了檢查，正常程式也要三個工作日之後才能出結果，所以至少三天之後才能住院。

雖然無奈，但還是拿了檢查單去了 CT 檢查室碰碰運氣。出乎意料的是，馬上就做了檢查，做檢查的醫生說半個小時後有電子影像傳到門診醫生那裡。半個小時後去找門診醫生，向他說明了 CT 檢查醫生告知的情況，但門診醫生卻說即使看到電子影像，沒有明確診斷結果，也不敢開正式的住院單。

醫院其實是想透過 CT 檢查排除住院患者被感染肺炎的可能，這對住院區域的安全是完全必要的，也是對住院患者負責。但是讓做完 CT 檢查的人再回家等待結果，那麼感染的可能性就會存在。這是醫院內部沒有協調準備好，以至醫生護士們慌亂的原因。無奈，既然醫生說沒辦法，也只好悻悻而歸。

原以為三天之後才能再去醫院，午睡醒來卻發現相同號碼有幾個未接電話，還沒來得及回電，鈴聲又響起。直覺預感是醫院的電話，果不其然是門診醫生，被告知 CT 檢查結果出來了，讓明天去醫院門診辦理正式住院手續。

前兩次去醫院都是家人陪著，讓整個過程比較輕鬆。第二次明顯感覺大家對疫情警覺起來，近幾天的資訊表明疫情越來越嚴重，假期一再延遲。隱約感覺自己應該單獨去醫院手術，避免家人乘公共交通感染的可能。兩害相權取其輕，與其隨後的日子每天提心吊膽，還不如自己去醫院，讓風險相對降到最低。

4日清晨獨自駕車去醫院，同昨天一樣的流程走了一遍，診室外已經有了一些人，一打聽和我的情況一樣，都是又來辦理住院的患者。因為又換了一個醫生，又是一團忙亂和解釋之後，終於辦完了住院手續。

外科在住院部的七樓，樓道西側有二十多個房間，門診遇到的兩個患者剛好住在我的隔壁，三個床位的病房，每人各一間。後來聽護士說，西側病房因為春節病人少和疫情都騰空了，之前住院的其他病人都移到東側，為了防止疫情傳染，一人一間病房。只有特權才能擁有的單人病房，在平時看病難的北京，幾乎是不可想像的事情。

之前瞭解運動員是這個疾病的多發人群。出乎意料的是，原來兩個病友都是運動愛好者。現在看至少這是病因之一。本來按預約是3日手術，但是意外多了一項疫情CT檢查，手術時間被錯過。4日專家在朝陽醫院本院有門診，只好再多等一天。

醫生介紹說，這是個日間手術，平時不需要住院，當天就可以回家。當然，對醫生來說，的確是相對比較輕鬆的手術，但對患者來說感受卻完全不同。一旦有差錯，後面的麻煩就會不斷，正常的生活節奏會被打亂。對於疫情也是一樣，在國家層面來說，死亡只是一些數字而已，但對於每個家庭和個體就是巨大的災難。

下午，在微信裡才知道北京復興醫院住院部有十幾名醫護人員和患者被感染肺炎病毒，立刻想到我們住院前增加的CT檢查，原來是防止疫情在北京各個醫院住院區域的擴散。後來沒多久，北京人民醫院也有醫護人員和患者被感染。

晚上，和已經手術的病友瞭解到，在門診的時候，他們的主治醫生只是告訴他們做微創全麻手術，並沒有告訴有兩種手術方式和補片類型，當然他們就不瞭解兩種手術形式和兩種補片類型的各自利弊。這完全是一個合格醫生應該告知患者的。我之所以選擇專家，就是考慮專家可能會告知的詳細一些，另外，專家可能感覺我有備而來。

近幾年，暴力傷醫的惡性事件越來越頻繁，醫患矛盾越來越強烈。二〇一九年底北京一個急診科主任女醫生被害，只過了一個月，疫情爆發之前朝陽醫院一個國內頂級眼科醫學博士被重傷。這主要是因為醫療市場化造成的，另外我覺得和一些醫生個人沒有完全盡職盡責也有關係。這種情況當然不止發生在醫療領域，其實存在於社會的各個方面。當然，什麼也不該是暴力傷醫的理由，但是，不找到事發的根本原因，那麼悲劇就會繼續重演。

5日，自己被推往三樓的手術室，一個正常人穿著病號服平躺在車上總有點滑稽。但一進手術區域就是完全不同的感覺，身穿防護服的醫生護士來來往往，只能從體型和聲音上分辨男女。樓道兩邊有不少於十個的手術室，被推的患者出出進進，自動大門開開合合，嫣然似一些電影鏡頭裡的場景。不能說緊張，但還是有些驚悚的感覺，完全是一種全新的體驗。等候的時候，一個醫生和我打招呼，聽聲音是那個專家。

手術室內有兩男兩女四個醫生，氣氛緩和了一些。移動到手術台，幾乎全裸，輸液，測血壓，消毒，右臂被壓在手術台側面，眼前視線被遮擋，這時候開始感覺自己與被宰的羔羊其實沒有什麼區別。

開始打麻藥的時候，右側的醫生提示有疼感，是年輕男醫生的聲音。幾秒鐘後左側說手術已經開始了，聽聲音才知道是那個專家。由於是局部麻醉，意識清醒，醫生的每個操作還是有感覺，大部分動作耐受，只有個別動作讓自己本能的想抬起右臂，女醫生馬上提醒不能動。十幾分鐘後，聽到專家告知，手術已經完成一半。後來，直到手術結束再也沒有聽到他的聲音，不知道他何時離開。這讓我想起全麻手術的病友昨天抱怨不知是誰給他做的手術。

手術前半段幾乎沒有聽到醫生之間說話，從專家告訴我手術完成一半以後，醫生之間的對話開始多起來，聽聲音明顯都是年輕人。最初聊家常，然後是疫情，之後是到誰家吃火鍋……突然感覺自己像是放在一個菜市場櫃檯上等待出售的一攤肉。在某種情況下，尊嚴是需要別人給的。

早上手術前，旁邊隔壁的兩個病友已經出院了，除了來的護士，樓道西側幾乎只我一個人，和在偌大的空寂的北京街頭感受一樣，有一種末日般奇怪的感覺。夜裡有些疼痛，兩小時左右醒來一次。窗外非常明亮，走到窗前才看見外面是鵝毛大雪。醒來幾次，雪都一直在下。去年一場大雪也沒有，今天已是北京第四次大雪。

6日早上，醫生查完房被告知可以出院，拿出院單的時候，已經不能像以前一樣直腰走路，但也還是裝出悠閒淡定的樣子。雪還沒有完全停，樓下的車已經完全被雪覆蓋，這無疑是迄今為止最大的一場。雖然有些疼痛，捂著刀口還是要把車上的雪去除一下，否則車是沒法開的。

在病房裡已經試過了，雖然腹部移動不適，但腿和腳不太受影響，把身體移動到車裡有些困難，坐好之後就問題不大了。雖然身體無力，好在出門就是五環，半融化的雪使所有的車輛不能開快，剛好可以配合我的節奏。高速上保持六十公里的時速，走了一大半還是有點累，加油站休息了一下。

7日清晨，打開微信都是關於被訓誡的武漢醫生李文亮逝世的資訊。之前大家都是相對溫和地支持他的行動，這一天卻成了人們壓抑情緒的爆發點。一個專業醫生的善意提醒被壓制成謠言，以至後面造成了這麼大的人禍，吹哨人實至名歸，網上國葬成了很多有良知的人自發的行動。

疫情沒有因為吹哨人的離去而減弱，反而愈演愈烈。武漢的哥哥詢問我治療情況的時候，感覺他們那裡似乎剛開始重視。社區雖然只剩下一個出口，陌生人還是可以自由出入。疫情的大面積擴散是當地政府的怠慢造成的，而普通百姓的怠慢是武漢的城市性格嗎？

休養的時間大部分在臥床，除了每天必看的疫情資訊，就是學習非洲鼓視頻，並沒有覺得太無聊。

有朋友發來視頻，是一個西北的民謠歌手唱的歌曲。像所有中國人一樣，本來是計畫春節回老家過年，假期結束就返回工作的。但是因為疫情，突然被凍結在老家。不知因為無聊，還是有感而發創作了一首歌：

「早知道在家待這麼久，我也不會只買兩包紅蘭州；早知道村裡封了路口，我就應該多拉拉妹妹的手；早知道在家待這麼久，我也不會過年買身行頭；早知道道村裡封了路口，我就不該租車回家裝富有；早知道在家待這麼久，我也不會把麻將送朋友；早知道道村裡封了路口，我也要把大桶灌滿酒；早知道在家待這麼久，我也不會花五百去燙頭；早知道道村裡封了路口，我就領上妹妹去浪個夠。」

我非常喜歡民謠。聽最多是圖瓦和蒙古國的民謠，關注國內歌手比較少。網上查到歌手的名字叫張尕慫，唱的民謠非常有韻味，充滿民間的煙火氣息：

「月兒像鐮刀，鐮刀掛樹梢；樹梢樹梢你輕輕搖，搖得我睡不著；彩票也中不了，拆遷也拆不著；操起娃兒的破棉襖，一樣也得不到；想紅也紅不了，不紅也沒人屌；GDP 那個 GDP，也沒有公務員高；想紅也紅不了，不紅也沒人屌；找小姐那個找小姐，也沒人給開發票；張三他開飛機，李四放大炮；王二麻子也比我強，他唱歌不跑調；吃不著葡萄喲，就說那葡萄酸；我是一隻小小鳥，想飛也飛不高；想紅也紅不了……。」

隨著時間的推移，各種新聞不斷，疫情繼續擴大。長時間持續關注讓人有些疲憊焦慮，慢慢想把注意力轉移一下。除了每天習鼓，聽聽音樂，現在的寫作，武漢作家方方的《封城日記》成了每日必讀。

複查那天依然是霧霾，夜裡又是雨雪交加，這已是北京的第五場大雪，聽說是北京最大一次。預約三點，兩點到了門診，結果只有我一個人，醫院已經很少接收除了急診之外的病人，慶幸當初果斷就醫。

從初二到初六連續幾天霧霾，之後的霧霾也是時斷時續。網上調侃環保部的專家，讓他們出來走兩步：工廠停工，餐飲歇業，汽車基本停運，霧霾從哪裡來的？不知他們如何解釋。

傷口恢復的還不錯，沒有擔心的炎症。刀口縫合處非常平整，不愧每年要做五六千台手術的科室。三個月之後就可以正常活動。但多少還是有些憂慮會不會復發，以後運動鍛煉也會有些心理陰影。這是上帝給的不大不小警告，提醒自己重視人生的下半場。雖然不信宗教，但相信有上帝的意志，相信因果，相信命運。

在中國，做任何事情都會使人不安和焦慮，這源於國民之間，國民與政府之間的相互不信任。社會是一個相互影響相互制約的整體，個體的行為方式受整體制約的影響，這體現在每個國家人民的國民性上。同為東亞人的面孔，完全可以從個人行為舉止和氣質上基本分辨出來國籍。一個國家處理問題的能力體現在這個國家的每個個體身上。有什麼樣的國家就有什麼樣的國民，反之亦然。

強調改革開放，但資訊交流的通道卻互不接軌，能看到的是一個被過濾的世界。只是自己看自己，而不是從他人的角度看自己。沒有思想的解放，溶入世界，何來的創新。集中力量辦大事一直引以為傲，如果決策是正確的，皆大歡喜，但如果決策是錯誤的，那麼代價會是什麼樣呢？老子說：禍兮福之所倚，福兮禍之所伏。孰知其極？

從二〇〇三年的SARS到今年新型肺炎，除了物質上的提升，十七年後，沒有看到整個國家的國民在行為方式上有什麼根本的改變，很多不可思議事情在不斷重複發生。一個國家的過往歷史，可以是他們引以為傲的古代文明，也可以是他們走向現代文明的巨大包袱。

這個冬天註定不尋常。年初伊朗的蘇萊曼尼到阿拉伯半島基地頭目卡西姆•里米被定點清除。一九九四年的新疆克拉瑪依大火，為了保護領導而讓領導先走，造成數百名學生死傷。沒想到，現在「讓領導先走」成了二十一世紀定點清除戰爭新模式；二月10日太陽軌道飛行器發射升空；14日外交部發言人華女士開通推特，而普通民眾卻不知道推特、臉書、油管為何物；24日文化和旅遊部安全提醒，由於美方過度防疫措施及美國國內安全形勢，提醒中國遊客切勿前往美國旅遊；被確診的武漢監獄刑滿釋放的黃女士，從封城的武漢過五關斬六將直接進入北京，而那些打工和探親的外地人還都被困在武漢……這就是二〇二〇年的魔幻開局。

毫無疑問疫情終將結束，等待的一定是後面齊唱的讚歌。疫情帶來的巨大影響，也會載入世界歷史史冊。精神疫情沒有結束之前，現實的疫情還將持續，只不過可能再換一種形式。不知道什麼時候才能看到黎明……。

在同一條路上，在同一地點，發生了兩次單方車禍。我想知道，這到底是司機的問題，還是道路的問題？更擔心的是會不會還有下一次！

已經一個多月了，除了小鳥被幸運的帶回家，我的金魚，我的蔬菜，我的蕨類植物和空氣鳳梨，他們還能挺得住嗎？

Ciao! Toro!

My little tiger 你好嗎？

你有被照顧嗎？有遇見你想要見到的嗎？

我很想你。還是很想很想你。

這段時間走在外面還是沒有辦法被太陽先生晒得暖烘烘的。

上週讀到「L’ultima volta che hai pianto o riso fino alle lacrime ？」你最近哭或笑到掉眼淚是什麼時候？

如果昨晚問我的話是三天前，如果今晚問我是今天早上。

走去菜市場的路上，在健身房裡。應該都沒有人發覺。

曾經有位同學在失戀時跟我說有多愛就會有多痛。後來又有朋友跟我說失戀後要 halftime 才不會痛，意思是如果在一起兩年，那就要一年後才不會痛。不過有了這些社交媒體，看到跟你分手的人跟新交往的對象這樣快活著放閃，時間應該會再half，如果搭配使用交友軟體，應該可以再 half half。找個 rebound 也許會更快，但是藥效並不持久，而且還可能會有副作用。話可以隨便亂聽，藥不能隨便亂吃，所以不太建議。

那死亡呢？

失去陪伴我一起生活十多年的咪咪需要花多少時間呢？

不知道從什麼時候開始你習慣把我的手臂當枕頭，讓我習慣聽著你的呼吸聲入睡；你喜歡躺在我的大腿上跟我一起看電視；我做仰臥起坐的時候你會跳上床躺在我的胸口，確定我的動作對不對；我在廚房的時候指揮我要拿哪一個零食給你；我在電腦前跳到書桌上搗蛋，然後再巴在我的大腿上要我幫你按摩；早上會很準時叫我起床；晚上出去玩太晚你會對我哇哇叫，罵罵我。我說梳毛毛，你會咚咚咚很快地跑過來。每天出門時我一定會說 Love you，回到家我大喊「咪咪」，你會喵個幾聲踐踐地走出來。

但是這一切都跟著你不見了。

你給我一切的溫暖跟柔軟都在瞬間不見了。

死亡那一刻把你帶走了，但是卻忘記把跟我習慣你的習慣一起帶走。

你這個壞蛋怎麼會讓我這麼喜歡你？

你吃餅餅的時候好可愛，你喝水水的樣子也好可愛，你突然跳到我身上好可愛，你對我哇哇叫我也覺得好可愛，你踢我你搗蛋我都覺得好可愛，連被你咬我也覺得你好可愛，你在貓沙上尿尿跟便便我都覺得好可愛。全部都好可愛！

是因為你長得很可愛嗎？

有可能真的是你很可愛。到目前為止我還沒有遇見一張可以每天都看不膩的人臉。真是的，可愛愛。長相應該有很大的關係，我曾經看過不是很可愛的人撒嬌，哇賽！不知道為什麼就超想給她一巴掌！真的不是我脾氣不好，因為我表演過那個撒嬌樣給朋友看，所有人都想打我！長相很重要。

“Beauty is a form of Genius – is higher, indeed, than Genius as it needs no explanation.” — Oscar Wilde

你不只有長相，你還是天才。所以你可以一直這麼帥氣。

這兩個我都沒有。

我並不是抗議死亡這件事，即使是人瑞都有走的一天。只是這一刻，跟這一課真是不容易。好的永遠都不夠。我還沒有準備好接你丟來的這一課。總是想拖延再拖延。最終，這一課還是來了。

我最近試著找一些宗教大師的影片。有些大師的長相讓我深深地懷疑他們到底有沒有修行。我最近跟弟弟出去散步的時候會聽聖嚴法師跟達賴的影片。兩位大師都很幽默，口音也很厲害；沒看字幕的話有時還不知道他們在說什麼。聽他們講道還蠻有收穫，聖嚴大師還有講到飛碟！難怪我特別喜歡聽他。影片看得還不夠多，對於死亡的理解還不夠透澈。

目前為止，還有很多的思念、不捨、掛念。

我還沒有得到般若。希望有一天會有。

我的寶貝寶貝，謝謝你。

我的寶貝寶貝，你要寶貝自己。

Tesoro mio,

Buon viaggio !

Ciao !

Tesoro mio !

愛在瘟疫蔓延時

香港 / 朱小亞

還記得二〇〇三年五月墾丁拍片回來，機上只有我們幾位乘客。抵港，空蕩蕩的赤鱲角機場，幾乎沒哭出來，那麼亮麗的建築物，遊人幾乎歸零。令總建築師 Norman Foster 爵士顏面無光。

當時全港一片愁苦。不知道是那類惡菌在沒預警下來勢洶猛侵襲香江。多名醫護人員殉職、多處社區相繼爆發疫症，幾百條人命就此蒸發。

從此，外出回家即洗手，如厠後蓋上馬桶，全賴十七年前抗疫養成的好習慣。迄今……。

十七年前 SARS 教訓沒當回事或忘得一乾二淨的話，新的瘟疫說來又來。在今年春節期間或更早已開始肆虐全中國以至蔓延全球。

背靠祖國的香港，如何逃脫本可以避免的人為災害呢？

也太扯了吧。

反送中修例的紛亂傷痛還沒喘過氣來，拜年、團聚、飯局什麼的尚未達到高峰，香港人頹然倒地。港府不允許全面封關。全港學校惟有停課配合，員工盡量在家工作，以免大量交叉感染。除了超市及醫院，店鋪食堂光顧人客只剩小貓三兩或陸續結業。跳躍的城市在很不情願的情況下瞬間停頓。以往擁擠的尖沙咀地鐵站，數一數，沒超過三十人。

十七年後的二〇二〇年，資訊過度氾濫，謠言滿天，難辨真偽。源頭可能又和野味有關，甚或陰謀論實驗室泄漏人造病毒引至或美國傳入生化武器等。無論什麼原因，是人禍就對了。現實就是中國已經斷送了數千條寶貴生命，還未將世界其他遠近國家計算在內。

二〇二〇農曆新年是愛面子的中國人至大遺憾。如何修復，可以還原嗎？歷史自會交待。民生、經濟、形象受到沉重打擊。一手打造的泱泱大國，剎那沉寂。

儲備金一向引以為傲的香港政府因未能適切提供口罩，在每況愈下，沒有希望的惶恐陰影下，小民遂恐慌性搶購大米、消毒清潔用品等，口罩當然是首選。此舉讓新加坡政府警告當地市民千萬別有此劣行，否則有損國家形象。沒有任何官員跳出來抗議澄清，也不敢說別人歧視我們。因為說得對，罵得好。的確是。當人民不再相信地方政府，各種自私不利他人的行為，人的陰暗面自然會跑出來。甚至有匪類荒謬的當街搶奪衛生紙成為國際頭條，看來這顆東方之珠可以餵豬了。

全民抱怨，人人自危。小孩在家鬧、大人心煩。每天滑手機，只覺事況愈來愈嚴峻，一點辦法也沒有。自我隔離之餘，別國也不歡迎我們。看不到盡頭。灰心、沮喪。

都說香港人頭腦敏銳、反應快捷。網路授課、視像會議等因應抬頭解決燃眉。很快民間自發尋覓口罩製造機器或手工縫製應急，自家研發消毒清潔液等。世界首富迅速搜購保護衣捐贈前線醫護，私人機構紛紛派發口罩、口糧，並率先照料基層老人需要。在家的盡量少外出，省口罩兼減少傳染機率。聽到的慰問語幾乎都是你家口罩夠嗎？有錢出錢，有力出力。

我們相信人間還是有情。

在家無聊，大家網路上拼貼極具創意的貼文，抒發怨氣、悶氣。本屆奧斯卡大獎韓國電影《上流寄生族》，網友改為「下流寄生族」並貼上特區政府全體人員照片，變身為自選最佳外語片。七〇年代流行一時的〈天才與白痴〉歌曲重新填詞、剪輯。影像內容是港澳兩位特首抗疫工作比較，誰是白痴，心照不宣。今年倒霉的情人節指定禮物已從繽紛昂貴花束改為塞滿各款消毒衛生實用品果籃，更表情深意重。

無法出外消費，惟有各占山頭，只見人頭湧湧，大家拼命萃取安多芬強肺健身。我也利用橫跨各離島的橫水渡渡船，穿梭遊走大小不同風味的小島，爬山行樂覓食，放逐山水。

可愛靈活的香港人。

我們憤怒嗎？

我們無語。

二〇一九年六月起香港人已經筋疲乏力了。幸好 SARS 經驗讓我們對這次瘟疫特別醒覺。政府無能，惟有自求多福，自強不息。提高免疫力，努力搜羅需求物，做好防疫措施，強身健體，不能再打敗仗了。

這場世界瘟疫大戰也是各國領袖實力、領導力大比拼。有心狠手辣的，有掉以輕心的，有優柔寡斷的，有畏首畏尾的，大多數都讓人失望慨嘆。因為用心不純粹，不專注，混雜了政治、經濟、個人等因素考量。當人民健康幸福押在如此不懂、不憐恤民情的政府手上，如何不抱怨，不焦急，不憤恨！

這次把關比較嚴謹有決斷力的是澳門、新加坡及台灣政府。尤其是後者。因為受世衛政治邊緣化，只能靠自己嚴厲執行防患，不假外求，牢牢守住破口，讓疫情、死亡數字減到最低，又保證生活用品口罩等不缺，穩定民心。讓世人刮目。北韓則是另類極致手法，其他國家難以跟隨。

聽說四月底美國將會研發出新的疫苗；聽說政府將會在七、八月給予十八歲以上香港居民每人一萬塊生活津貼；聽說大部分官員捐出一個月薪水與民共度時艱。聽說……。看，我們的政府都是用錢來解決問題，不是有說錢能解決的不是問題嗎？我們需要的是關懷、體恤、聆聽、相互了解的執政者。

我們只想生活、上班如常。高高興興、吵吵鬧鬧地過日子。逛超市是日常，會友亦然。各適其適，那才是我們渴望的卑微小確幸。

去年七月起，這裡已停止燃放煙火。二〇一九年除夕夜，我羨慕鄰地依然煙花燦爛。這麼一點世俗的快樂也無法沾到，所以說幸福不是必然的。

但我深信，愛仍在瘟疫蔓延後會一直持續下去。因為我們深愛這個小島。無論它變成怎樣，我們還是不離不棄。

講個故事先：去年七月中我們在大學時的神師趙儀文神父回台，趙神父八十八歲了，退休後沒回法國，在澳門耶穌會退休院繼續研究漢學。右眼已經看不太見，需要厲害的軟體幫他讀出要看的書。神父平時安靜嚴正，不過也會噴出一口淘氣的好笑，常常話語裡帶鈎，鈎得人心驚膽戰，魂縈夢醒。四十多年來如一日。

我裸退之後俗事不多就陪他幾天，做個司機陪神父走走看看，每天都有不同屆的學長學妹請他吃晚飯，聊聊彼此和過去。這些當年的天之驕子少年英雄，喧鬧依舊好不開心。吃完一大桌菜，店家清理了桌面上甜品水果，大家總算安靜下來，總得留有神父講點甚麼的餘地。一連四天同一時段趙神父都講了同一個故事給不同的同學。他說，一戰前有位在阿爾及利亞洞穴裡隱修的老師父，死前寫了一封信給全法國人，叩問了人一生要回答的四個問題：

紛擾世界中的日常

一、在二十歲前，要問我是誰？

二、在二十到三十間，要問我這輩子要幹甚麼？

三、在三十到五十間，要問我幹得好嗎？

四、在五十歲之後，要問我要和誰在一起？

一個世紀多過去了，神父問完後，有人仍然嬉鬧如當年，也有不少人低下了頭。

隨著武漢肺炎在大陸爆發，口罩之亂，到感染源不明的確診病例在北台灣發生。陳時中部長又不肯公布是誰，在哪個縣市的行政區，這原本就紛擾的世界離我們步步逼近。在橫濱的「鑽石公主號」郵輪，一向給人印象謹小慎微的日本人，也會粗鄙地草菅人命犯下低級錯誤。大陸隊伍和湖北疫情的處置當然爾也不足為奇了。有專家說這些總會過去的，三月分還是要到夏天，只是不知要如何走過這路徑，又要付出多少人命與尊嚴為代價。連有為數不少的台灣通緝犯，偷渡坐桶子逃回來，等著給人抓去關也好。貿易戰還有在弄，葉倫桑德斯等類的反資本主義可能會做美國總統。皮凱提又寫了一本一千兩百多頁的《資本與意識形態》，反叛我這種族類，這世界有夠紛亂的了。

此刻書寫中的我，就好像坐在七百五十年哥德式主教座門口階梯上看著書的初老神父。（今天生意不太好，上個月也一樣，我主垂憐，是祢沒給我多少羊啦！）平時真沒有事，坐在門口晒太陽看看書，要是風雨來襲就躲回教堂去。有回在商務旅次看到四季飯店執行長的話：「Happiness is to create the intense memories with the loved one（s）。」幸福人生是要有可以記得的美。

去年一位長輩高齡九十三過世，他盛年時候人才文才皆美，在非常重要的政府部門做到最高文官，還為聯合報經濟日報寫了多年的社論，往還無白丁，家庭也和樂，養大了一家子兒女，十分尊崇的。三十幾年前我去看望他，他給我的建議是「五分力氣挑兩斤擔子唄！」我當然頗不以為然。他老人家退休後，近三十年的日子，居然什麼可以紀念的事也沒成就。我一直請教其他可敬的長輩和朋友同學，就這樣好嗎？他真的不知道當時東方快車有一首很紅的歌「紅紅青春敲呀敲」說：「愛要愛得簡單，過要過得精彩，夢要夢得遙遠，衝要衝過考驗！」老來也是一樣的。

然而我自己八年前從職場英年早退，也沒有人斗膽請我幹個獨立董事甚麼撈子的，大概我的形象已經固著不破了，他們還真怕我把獨立董事來真的，做個朋友免費諮詢一下就好了。我嘛，近兩年來每一天感到寂寞無聊各兩次，每一次各暫留三十分鐘不等。還好有看不完想看的書，還真的有拍案驚奇的段落。最好的禮物是，除了舊雨以外也有新知，比方新結交的香港避秦移居老婆比天美的才子，回口一句說我「少說兩句當幫忙！」旁邊人好笑，我真痛咧！很有道理學著點。大概兩年後，大家都只記得當年的聚會我被嗆了那個金句和我這個受災戶。這個週末約他走步道吃海鮮說八卦唄。

我將近退休時，老闆的祕書要我去一個衛教的網站回答了二十個衛生的問題，不知怎麼著，電腦螢幕跑出了一行英文，曰：「恭喜喔，你將於二〇三六年七月幾點幾分幾秒死去！」是哭不得還是笑不得，好唄就算是唄。我大概學習能力尚可，思想價值給三樣東西框住了。其一是國文課本和中華文化教材類的東西。其二是高中隔壁美國新聞處的冷氣冰水和文化侵略洗腦的圖書，甚麼《成長的極限》、《西方的沒落》等類的。大學之後好像有讀懂《到奴役之路》、《理性預期論》還是《強勢有效市場》等財務和經濟的論述。比較遺憾的是高三以後物理數學就停在那了，如今《霍金大見解》留給世人的十個大哉問與解答，只能看懂故事和結論。我本來就屬於不可知論者，不知道上帝還在哪裡。對霍金中間的科學推論一概莫名其妙。有個二〇三六年七月的死期也算是有個方向吧，有方向就有辦法嗎？有本厲害的書《凝視死亡》書名挺不祥的，原文書名《Being Mortal》曰人皆有命數，比較令人安心些。書上說老來有三大惡，曰：沉悶、寂寥和無助。成功的老化大概要反向操作，搞些有趣叫人興奮，有所期待的。

也談談我身後那主教座的意象吧！古羅馬時代的維楚威斯寫道，建築應該帶來「實用、堅固、喜悅」，做個人也希望有此境地呀！我這半年來覺得最屌的地方是「春美冰果室」。門口排著長長的人龍，裡面賣得是很台很古早的豆花和剉冰，東西做得乾淨美麗好吃，裝潢是極簡安靜的白，幾十塊的好東西令人喜悅，從現實人生中放個三十分鐘的假（我常與朋友介紹去吃一吃，他們都喜歡）。我很興奮的告訴朋友這就是「現代性」（Modernity）！裡面真的有喜悅！實惠而且令人容易親近，年輕人也愛這味！

青春不用留白，老來就可以留白了嗎？除了每年五週追尋我美麗的乾姊姊去探視幫助弱勢做公益，我還有四十七週要幹麼？老人家每天天放亮就醒了，總不能像我朋友大衛和亞伯，兩個死黨，每天早上比賽誰早起先打電話問說：「今天要幹嘛？」我的想像有如也是金石家的康有為寫的一段描述石鼓文的文字：「如金鈿委地，芝草團雲，不煩整裁，自有奇采。」如果人也一樣有多好，我是個男人不搞翠玉珠寶的花冠，但有一堆又一堆沒看完的書撒滿一地！

退休後家人陸續搬了出去，每天還得去探視人間至福之三的雙全高齡父母，陪侍大小危機病痛。他倆每天等我回家，眼睛金金地盯著我手上帶來甚麼好料，我家兩位外籍看護甚麼都好，就是不吃豬肉不會煮料理。獨居日常的苦惱之二是天天要自理顧三頓，好處是我這吃貨可以獨斷像日本綜藝節目的「今晚吃甚麼」。誰請客說付錢的場子也泰半由我點菜，圓了我那優秀有力同學十七歲時崇高的志氣：長大後點菜看菜點，不看價錢。不過也要有自知之明啦，搞過頭太貴了都得提前買單搶先付帳。還有東西弄得亂了，還是得自個兒收拾。

小學五年級有個會打人的導師，人如其名的姓，閻羅王的閻，還名叫大昌。學期末給的總評八個字「天資聰穎，好逸惡勞」。一九六〇年代，我家雙親公務員算是小康之家，但也不是甚麼慾望都能如願的。談戀愛也只能逛公園壓馬路坐在河堤上吹涼風。女友家長擔心我沒家產沒本事養家活口，活生生把我們拆散。後來又讀了企管財經，覺得要賺錢，像長官教我的香港人有錢才有尊嚴一樣。就業後很有長輩緣，貴人不斷，教誨無數，我大都記得誰教了甚麼。幾年下來，也了些餘裕，學著炒股票買房。大運不錯躲過兩次股災（有人說聰明點的人，比較悲觀，看得見大難臨頭）。其餘時候真的像巴菲特說的，找到濕雪和一個長坡，就一路滾雪球了。就因為愛投資投機，就必須大量閱讀財經資料，我以前老闆半夜不睡覺，老在計算各種市場資料的試算表，一版又一版直到天亮，不知分層負責授權相信同事是何物。我請問他那麼有錢了為什麼還要那麼努力辛苦，他回了一個叫我一輩子難忘的話：

「做喜歡做的事怎麼會是辛苦？」好唄，賺錢也算是種認真好玩的嗜好吧，得耐住性子花時間的。附帶來的是和這世界產生親密的連結，搞不定的，一個不注意就會趁你病要你命的。退休後已經對半又減半地經營，不過有時候還是會覺得自己比市場聰明，和它對抗一把，小賭怡情，贏得時候，算是樂事吧！

抄一段：

"With the humor of age,
Proclaim like a sage...
with a calendar,
you'll sure have a date." — Lester Retsky

攤開二〇一二退休前的筆記本，那時心想往後的日子最高境界是「山中訪友」，最悽慘落魄的是「nobody called」。那上下之間八成的時間日子怎麼過？我的日常要幹甚麼好？兒子成家搬走後留下他媽當年買給他的一本書，清大老師彭明輝寫的《生命是長期而持續的累積》。我要領老人卡了，是要怎樣？除了年紀還能累積些甚麼？翻開書貼上標記的一頁，曰：「我不要活在沒有理想沒有熱情的人生裡。」不甘心就別放手，頑童MJ116的熱門歌叫〈幹大事〉。

假如我身後的主教堂是用書上學的做架構，那些貴人恩公同學的言語，就是一塊塊花崗石材，花了六十五年建成的。我卑微的願望是在有生之年，有一天像夏卡爾在法國漢斯聖母堂做了一牆玫瑰花窗，透澈天光。

林懷民退休前上方念華的節目最後，他說他歷年來愛逛誠品，每每一次買個四、五、六本，但沒有閒時看，他的書架上的新書是他的「渴望」，退休後希望把書架上的變成他的「知識」。除非你到我家登堂入室，別人是沒法子稱讚我用大書堆起來的「驕傲之塔」的，它們是我大量留白時間的日常記錄。

恐慌的另一面，是想望——非常時期的人生清單

台北／何榮幸

二〇二〇年二月，我們見證了疫情蔓延下的人性恐慌。但恐慌的另一面，應該是想望。

往年二月底雙魚座生日來臨，會格外懷念母親。母親在困頓環境中撫育我和弟弟成長，每到母難日總是無限感念。對我來說，二月是一個想念的月分，夜闌人靜倒一杯母親生前自釀的梅酒，和天上的母親說說話，是二月之於我的重要意義。

今年二月新冠肺炎疫情鋪天蓋地而來，不但搶購口罩、酒精，連衛生紙缺貨的謠言都有人相信，社會籠罩在不安與恐慌的氛圍中。許多活動延期或取消、許多計畫更改而大亂，彷彿人生突然按下了暫停鍵，只能靜觀疫情發展再隨機應變。

對我而言，人生按下暫停鍵的意義，不是持續陷入恐慌，而是回身追尋想望。

非常時期的生日前夕，我跟母親遙遠對話：歷經五十多個寒暑之後，什麼是我

在這段人生暫停期間最想做的事？什麼又是我在暫停結束繼續前進時最想做的事？

於是，我寫下了兩份人生清單。

在第一份疫期人生清單中，我列出了幾項一直想要進行，卻總是用各種藉口拖延至今的心願。這些心願都不是什麼大事，但做了之後能夠像母親一輩子顧念我一樣，用同樣的心意顧念周遭最愛的人。

至於第二份未來人生清單，我列出了另外幾項希望讓生命更有意義的想望。這些想望都難以在短時間內完成，但若不從現在就開展想像，疫期結束後只會回到生活常軌，難以催化繼續自我追尋的動力。

我知道，這兩份人生清單一定還會塗塗改改，有些心願與想望也恐怕難以達成。但這些都不重要，重要的是如何真正珍惜當下，以及如何忠於自己的人生。

疫情蔓延並不可怕，真正可怕的是失去想望。祈願我摯愛的這片土地與這個國家，能以堅定心志列出現在與未來的重要清單，在艱困的非常時期克服恐慌、勇敢想望。

罩子被點亮了

台北 / 呂靜雯

以為醒來是和昨天一樣的日子。

結果每天都出現細小的訊號，告訴你習以為常的日常，變得不再一樣。

親如伴侶的手機沒辦法臉部辨識你了。

路邊總有坐在板凳上和滑手機的排隊人潮，最終盡頭出現的不是限量品或人氣美食，而是賣口罩的地方。

比起愛馬仕，大家更誠心誠意的想擠進買得到口罩的名單。

不是那麼容易感動和大方的朋友，因為你給他幾個口罩，願意跟你交換之前不肯割愛的收藏，從此你們的友誼升級，獲得了某種錢也買不到的驗證。

武漢，讓大家真切的明白了，用錢也買不到的東西，真多，而且越變越多。也好像更明白了你身邊的人，是怎麼生活：感性的人說，這場疫情讓大家在家的時間變多，更有機會相處了。理性的人說，每天宅在家裡平白長肉，不上課的孩子們從早上吃到宵夜，伙食費真不是蓋的。

在我們每個看似細小的決定裡，選擇了自己是走向謹慎、恐懼？或終於能給出生命評量不一樣的標準：以往過不去，想不開的事情，現在還很為難嗎？只要想到自己，家人，身邊的人健康平安，似乎也都不是那麼重要。

生命如同塵埃，一場疫情，讓大家全謙卑了起來。

曾經沒打算關心，即使是世界上一個看似跟你沒牽連的角落，比起六度分隔理論或是臉書上的三點五七度分隔，結果，對你的影響更多。

萬事萬物果真是共同體，懂得了，是苦是樂，全得一起承擔。

經過

有開始，就一定有結束；起飛了，就一定會降落；花在春天盛放，接續著在夏天凋零；風起，是為了雲湧，當霜露躍動，變化撞擊，無常示現之時，風必將止。

一切都只是經過，包括你與我。

二〇二〇這個年的一開始，就充滿著愛的波動，因為數字排列的關係，流行櫥窗裡、市井小店中，充滿著愛這個字。也許正是因為如此，在華人世界中，占有重要象徵與實質地位的舊曆年，相較往年，提早在元月開始了二十初來天，就提早報到。跨年的歡欣還沒收齊，農曆大假就緊接而來，日子的氛圍顯然與往年不同，鬆鬆的、慢慢的。

年，與以往相同，小年夜、除夕、初一、圍爐、紅包、微醺。

年，與以往不同，居然有著共同的話題：肺炎、口罩、封城、蔓延。

二月四日，從踏進機場的那刻，就感覺到空氣中有一股壓抑的躁動。這是每個月固定的行程，旅人的心情一樣，但是空氣中飄浮的顏色，卻與每個月習慣的樣貌不一樣。那是一種如同晨曦，薄霧厚重成山，將藍未藍，灰散未散的交界時刻，一切是這麼模糊，卻又這麼清楚，有點抑鬱，卻相當沉澱，無法被定義，卻以為看得明白的顏色。旅人輕裝簡行，經過熟悉的程序與路徑，搭配輕盈的腦袋，顏色才得以識別。

距離創造美感，在二〇二〇的整個二月，這樣的文字，不僅僅是傳達形而上的意識，更是強調實質的安全。因為距離很重要，保持距離而來的安全感，在狹小的機艙中，無力執行，於是這股灰藍色的躁動濃度，瞬間提高，指標來到了頂點。機艙內必須帶著笑容的空姐，妝髮很美麗，嘴角卻沒有曲線。乘客們，一邊翻著機上的免稅購物小冊，一邊忙著消毒螢幕；一邊討論降落之後的行程，一邊互相調整口罩的服貼。原本的堅果不再提供，富士山也看不到，窗外的雲朵與豔陽依舊，卻感覺失去了優雅。旅程中遇到的中國人，失去了強國的氣勢，成了鼠年的代表，人人喊打。

在對岸工作的母親，春節回程的航班一日數變，母親的心情完全跟著新聞主播充滿戲劇性的口語才華而起伏，就如同端午龍舟的選手，依照號令手的吶喊揮動手中的槳，期望一舉拿下遠方的彩旗。這次的彩旗是什麼？是存活下來的機會還是免於遭受歧視的一方角落？恐怕划槳手在埋頭揮舞、汗流浹背的時候，也不知道。年節時期，不論是母親因為焦慮而脫口而出的煩躁，還是家人之間，因為相約地點而起的爭執，其實都比病毒更有殺傷力。口罩如果可以防止脫口而出的言語，酒精如果可以揮發所有的擔憂與恐懼，懇請給我機會大力疾呼、四處奔走，我願成為口罩與酒精的奴役。可惜，再怎麼搶手與售罄，防的也只是外在的毒。

這個月，世界因為這毒，團結了，也分裂了。

國際社會每日訊息的流動，在外耳、中耳、內耳中不斷迴盪。空中的飛行器，什麼時候往，什麼時候返，決定了誰可以得到擁抱、誰注定被遺棄。一支短暫的影片，同樣的製作流程，在同樣的媒材不斷曝光，牽動的確大不相同。是互相包容的決心，也是慷慨激昂的仇恨。至此，因病毒而隔離的，不只是染病的患者，而是積累在心中深刻的歧見與對未知的驚恐。然而與此同時，數以千萬的人，走地無聲無息，同一地有一個人，走地聲如洪鐘，即使只留下一句輕輕的話語。而他們都是同樣的血肉之軀，與病毒有著最基本的相似。

世界與我，也許沒有太多直接的關係，但是我卻是一個無法離開地球，仰賴地球鼻息而生活著的、還有呼吸的生命體。即便如此渺小，世界的變動也還是公平地讓行程表因為這次的風起，大量塗改。奇怪的是，筆記雖然塗得亂糟糟，看自己卻乾淨了。

今晨，握著從便利商店店員交給我的溫熱紙杯，這次刻意不要塑膠蓋的卡布奇諾，矯情的想盡一點微薄的環保公民義務。不經意低頭看見了細緻的奶泡，圓圓蓬鬆的浮在深咖啡色的香氣之上，如同一頂貝雷帽，輕鬆鬆地戴在一位充滿藝術氣息的美少男頭上，我嘟起小嘴親他一下，以圓我少女時期看漫畫的浪漫情懷。沾了奶泡的嘴淺笑之後，抬頭看見路口有一位在等紅綠燈的青年，穿著黃色的運動服飾，貼身的牛仔褲，仿若無人的做著揮動球棍、棒球打擊的動作。偌大的寬敞馬路，成為了他想像中的棒球場，戴著耳機的他，也許正在甲子園，也許正在西雅圖薩菲柯球場，也許正在古巴小巷內，營造著棒球的夢。當他轉動身體時，鞋底揚起了紅土，紅土飛散飄落，如玻璃雪球裡面的白雪，布滿了小世界。我跟我的美少男看了他的背影許久，不斷親吻的小嘴，忍不住笑了。於是我也戴上耳機，音量開得老大，迎著八線道馬路，不在乎身旁的眼光，跟著音樂搖擺與歌唱，突然我意識到，口罩擋不住我心中想要開心、想要快樂的原始慾望，所以，我應該要更努力的開心，更努力的快樂。

所以，過完了馬路，持續迎著今晨的陽光，我抬起眼，透過樹梢，眼睛刺得睜不開，原來是這樣的感覺。手上的環保袋因為搖擺，裡面的玻璃保鮮盒與手機撞擊產生的清脆聲響，震動著小手臂的肌肉，牽動了肩上持續的痠痛，原來是這樣的感覺。春季起始，路樹的枝枒正準備奮力一搏，擠壓在縫隙中的嫩葉，拼了命要尋找陽光，樹皮透出了陣陣的潮味，原來是這樣的感覺。刻意放慢的腳步，搖頭擺腦的停在下一個路口，前面等待綠燈的路人回頭看我，不知道是看我還是輕視我，原來是這樣的感覺。原來，還有好多的感覺，我尚不知曉。原來戴著口罩，不能握手、不能聚會，但是我還可以好好活。

如果我能持續活、持續呼吸，我該探索所有可能的感覺，不害怕犯錯，不恐懼離別，不為自己畫下邊界，人不該有邊界，因為陽光沒有邊界、春芽沒有邊界、生命體的可能沒有邊界。但是，如果我不能呼吸了，可以讓我成為一縷清風嗎？我想吹拂過親愛的愛人耳旁，低低訴說我愛慕渴望的心意；可以讓我成為一片落葉嗎？在離家的遊子落下第一滴淚時，成為眼淚的鼓皮，用極其輕微的聲響，為他加油打氣；可以讓我成為那道海浪嗎？在百歲夫妻佝著身，緩慢地散步在沙灘，許下彼此下一世的承諾時，增添一點童趣。可以讓我成為那一顆被聽見的音符嗎？讓聽障的孩子，在經過數年嘗試、數年失望之後，一輩子記得這樣永恆的美好。

必須勇敢，因為風起了，不能只是經過。

二月三部曲

第一部曲：防疫和居家。

朋友來信息提到了她三月的出書構想——要我們這些她認識的專業作家、親友們都寫下這多災多難二〇二〇年二月的日誌！我自投羅網的也要參一腳來寫篇故事。但自認沒資格談論政治、更不是醫療專家，只能說說這個讓大家揪心、困擾的二月分裡自己的生活變化……。

要寫那麼多那就要倒帶式的回憶到元月了！年初和幾個朋友到日本北海道星野渡假村天堂般地滑雪，還埋怨雪況不完美，滑雪場裡和搭JR火車時大陸來觀光的訪客特多，也沒什麼時間在機場採購等等！這些曾經像是掉在米缸的鐵鼠們回台灣後捱過了選舉活動的吵雜，看不了門道的我只能在一旁看熱鬧！忙著準備過年期間就多少聽聞有疫情的小新聞報導，起先當然不以為然想想當年SARS來襲時中、港、台的隔離治療方法不多少有經驗了。

但吃年夜飯的時候，內地的封城加疫情爆發！這可不是鬧著玩的，除夕前全家網上買的新年電影票要退嗎？新聞看得我的心情就上上下下先按捺沉浮著，等到航空公司通知回雲南的班機取消了後心裡面打鼓著然後左右搖擺不定考慮接下來的不丹工作出差是否按計劃出發？在親友們的曉以大義和自己的斟酌、掙扎下，聯繫了業主要求延期！她們立即同意，可能先前她們不是真的佩服我的大膽、勇氣而是在幫忙安排轉機、提供住宿方面也十足讓她們頭痛了！

一月下旬真是太難捱了，每天要先看大陸那的消息，看疫情新聞、看確診數目、看其他數據。從來沒想到會回老家春節早晚盯著看電視新聞，一向不喜歡的電視台的車禍小新聞現在也參和著看。最有意見的還是一些談話、討論時事的節目，名嘴們講到激動處聲音升八度之外還要加上不屑和痛苦的表情！還好週末有重播的三國可看，有時可以選擇轉台到 TLC 的旅遊、美食節目還有 Momo TV 的房屋改造有時也蠻療癒人的。

過年前我常常去光顧的軍公教福利社裡的員工聊天時意外發現她們特別排列出

來的消毒、口罩，我問了有這麼嚴重嗎？她回答說問得人多起來了，存貨不多了！我買了幾盒口罩是打算回雲南給我自己春天花粉熱和餐廳員工用的，隔兩天再返回買時一個都沒有了！後來的口罩風波我就不再需要排隊買也是幸運之舉。

來到了二月初整個管制區的餐廳、酒店都是慘淡經營下生存著，幸運的是我們藏區的小餐廳、客棧都正值冬休，每年十一月底到次年的三月初方才再開張。但眼前何時要開業已經不是我和經營夥伴、員工們最需要討論的議題了！我們需要的是全國、全世界的努力擺平這疫情，何時能讓取消訂房、訂餐的客人再來訪了！期待再度擁抱高原的雪山、希望寺廟依舊！祈福讓當地居民的健康狀況良好，春、夏能再和親朋好友相聚在一起吃頓卡瑪聚美食了！

第二部曲：隔離還是閉關。

從農曆新年期間直到二月二十四日剛剛過了這鐵鼠藏曆年 Male Iron Rat Year！新聞報導不只有寶島港澳、大陸地區了，發展到韓日、歐美延續到中東了！不可收拾的蔓延，不可預測的傳播途徑加上我們面對著幾乎是無國界的國際性接觸……是讓人感到害怕的這種失控的狀況。

我還是在嘉義老家窩著，但因機票被取消了，回歸日遙遙無期，無法安排計畫行程的無奈其實是最惱人的。上週自己把需要到東南亞出差的行程也延後了何時能出發也未知！都說要看這事擴散的情況再評估。母親說她一想到我還要出門上飛機遠行她就睡不好覺，我一下明白了是時侯我們需要對家人、朋友和身邊人多負責任和多關懷。傳染疾病基本上是屬於集體共有的，群居的我們相互感染病毒下除了醫院治療也絕對的需要家人互相照顧，彼此才有精神上的支持。相信每人身體和心理隨著這疫情持續升溫，真讓大眾人心惶惶！影響睡眠和心情的鬱悶真是一言難盡。

我自己算是去年十一月分從香格里拉返回後就沒回去過，旅遊史就是十二月六日返台前去了西班牙和美國朋友們相聚，加上到柏林、布拉格、巴黎訪友。還是多少被懷疑和貼標籤。每週上瑜珈課程時學友們會善意的問候外還加上說不回去也好，多在家鄉待著。但我明白以前被人羨慕住藏區但現在被視為瘟神的感覺。

二月初我把在台灣滯留時期當過年紅包，每週五會參加母親朋友團體出遊阿里山森林公園的頂湖，爬大凍山區的山頂還順道走路到福山古道和迷糊步道……櫻花盛開著真的不用刻意到日本賞花了！不再出國也無需考慮、擔心回國的家居隔離！平日不怎麼珍惜的大自然森林遊樂區，這月來了多少次也不厭倦！

公園東區鄰居好友上月初就出門上豪華郵輪，親友們有將近一、二週都無法聯繫到她。上週摸黑回來後出門倒垃圾被鄰居發現居然揮手請她遠離。她說應該請船公司開證明貼前額上，雖然她們船上也有中國大陸來的遊客但因為年初時間早大伙也沒任何疫症，郵輪上是夜夜笙歌。在海上途中知道有疫情發生她們喝得更多玩得更嗨，因為要真被感染了有酒精的身體不緊張會舒服些！歪理也有些道理！她們橫濱下來還看見鑽石公主號停泊在碼頭正在等待處理當中，時間上的幸運差二天沒被日本海關檢驗或者說是為了其他原因特意低調？回台灣時日本的疫情也還沒被升級。但一回家後她就自己隔離二週還請來探訪的家人各回原住處，拒絕好朋友的會面、飯局。我很佩服她自我管理的能力，還把二週隔離當自我的閉關。

我比較在意大家看多了新聞報導對於疫情的半知半解下的造成混淆、歧視和不必要的恐懼！相較之下那些在深山裡的桃花源、多少在海洋裡的無人海島內不可能會被外來病毒感染也沒被傳媒誤導的人可能比我們住在文明城市資訊過多生活的幸福多了！

第三部曲：再感恩和祈福、居家自理。

二〇二〇年初才立願今年開始要多多感恩自己擁有的和身邊親友給的溫情、支持……住有其屋、衣食無憂……年年可出國旅遊需要省吃簡用時還有老友家可借住。設計團隊的夥伴都是頂級的，餐廳、客棧的多年員工也都是任勞任怨的。居住的香格里拉古城亦是人人稱羨的，忙碌生活裡總是有時間可以往山裡跑！但還是常常忍不住要質疑要埋怨日子過得辛苦！這比上不足比下有餘的日子一下過十八年了，但離家鄉、家人、好友近的生活環境總是讓人心安。開春時很自然的身體時鐘就會自動嚮往回高原雪山、寺廟方向。

回來幸運的住在這沒有確診病例的小城鎮，感激本地健康保險制度的福氣，一直也把健保卡當信用卡珍惜著！但每每返鄉回來必淪陷在美食誘惑的裡面。今年看過牙醫後，我固定半年醫院回診時的營養師甜美笑容滿面的（白衣天使的頭頂上隱藏著一對紅觸角）警告我需要減重了！我體檢有紅字嗎？我問。沒有，她說。是要求身體健康，注意身體的免疫力啦！她想了幾秒問我妳在高原怎麼運動？我很得意的回答：一週固定做瑜珈三次加上每日走寺廟的小山坡八千步！她回：想繼續吃美食？那我建議妳在寶島低海拔平地每日走一萬二千步。哇！每日六公里多我這短腿者需要一個半小時耶！我回。我拒絕跳廣場舞，因為當大媽時候未到，不去現代化企業管理的健身房是不願意繳過高的費用。我可以在山裡一天徒步二十公里，但拒絕走路萬步以上因為太無聊，時間長且無法放空。那考慮分早晚班二回走，她說。我還要辯解……。她回，再考慮！

寶島人民的煩惱是每天吃完早餐想著中餐，絞盡腦汁想吃什麼好過滿意一天的日子，我把這多出來的家鄉時光當老天給的餡餅，現每天早晚對運動的妥協、認命的走在百年嘉義公園、植物園加上森林都會公園裡，就是為了所謂的加強免疫力努力！休假多了還有時間把去年應可看完的 Katia、常梵的著作放在桌上等著。

今天是二二八紀念日長週末，餐廳、咖啡廳和市區裡還是人一堆，年輕人笑臉盈盈迎接初春陽光柔軟舒適的貼在每人身上。Covid 19的疫情持續擴散在世界各地的事，晚上回家看新聞再說。騎著家裡的捷安特買菜車，讓春風圍繞著我回家陪伴母親吃中飯。把惦掛著雲南的朋友們，祈福她、他們平安健康的心在中午時間也先擱一邊！人生苦短又無常，自己也需人在福中要知福，不只應該苦中作樂、保持身心健康下，更要好好享受活在當下的幸福生活選擇。扎西德勒！

小民

【期待】

快要回家嘞！我興奮地把行李箱拖出來打點著要帶給家人的禮物，順便傳了個訊息給同學告訴她這個消息，人來瘋的個性總能讓回家的每一天都充滿了驚喜和快樂，好享受這樣的幸福！

「淑媛，我下個月回去，先排好日子見面喔！」

「ㄟ，小姐，你不知道病毒的事呵？你可能改一下機票先不回來吧！現在坐飛機危險呢！」

我在心裡嘀咕，當年碰到九一一就算了，還能更差麼？哥哥說我每次一要旅行就會有大事，然後股票大跌……難道詛咒又回來了嗎？不如來問問媽媽。

「媽，我回去要帶甚麼你需要的嗎？」

「啥？你還要回來？病毒鬧成這樣了，危險ㄟ！舅媽都打電話來說叫你別飛了！回來就算沒事也要隔離十四天，假期都結束嘞。」

晴天霹靂，我因為開心微微向上的嘴角揚不起來了……離家這麼久的孤獨感瞬間衝上來，徹底崩潰了。

【恍悟】

年初時，一位導演在他的 FB 上寫下：

一八四〇　庚子年　鴉片戰爭

一九〇〇　庚子年　八國聯軍

一九六〇　庚子年　中國飢荒

二〇二〇　庚子年　……………

當時一見便覺心驚，想歌舞昇平之日哪能有如此歷史之眼？這是個輪生的詛咒嗎？

疫情消息排山倒海湧上來，武漢、廣州、溫州、香港、台灣……看著電腦上各地靜如死寂的街頭，反而心境澎湃難抑。鏡頭中撐不住倒下的身影、等待購買口罩的人龍、成堆的屍袋……配上不斷呼口號的政客，殘民與油生啊！

是不是過多的人口讓大地都不憐惜生命？走過戰爭、走過革命、走過飢荒，似乎好日子到了，怎轉個彎又是黑暗？我不敢往下想。「庚子年」三個字印在我的腦中，那曾是中學課本上令人不忍誦讀的篇章，怎會與我們有份呢？捶打著自己的腿，這竟是真的痛！

【預備】

即便連德國電視都可以聽到武漢人們不堪桎梏的慘叫聲，響徹天際、痛入心扉。

「這很快會變成全球大爆發的！」家裡的生化專家開口說，本來亞洲新聞家裡德果仁都漫不經心地聽聽，而今天他的眉宇透露著哀傷，一般科學家的感情細胞都很駑鈍的，鮮少表現出來，但從緊蹙的雙眉已經可以了解他的憂心……。

「這個病毒太奇怪了，太不自然了！我懷疑誰可以找出解方。除了人體自身免疫系統出來對抗外，想不出其他的解決之道……。」

「我們必須要準備了……。」

「準備甚麼？」

「戰略物資！食物、飲用水、能源……一個月分的。」

德國有一份針對緊急狀況建議居民儲備的基本物資清單：每個成年人貯備十天使用的食物，必須供應每天兩千兩百大卡的熱量攝入，二十升飲用水，三點五公斤米麵，六點五公斤罐頭裝蔬菜乾果，二點六公斤奶製品，便於儲存的魚類肉類製品及全蛋粉，〇點四公斤食用油，應急藥品、衛生用品、身分證件、備用電池、蠟燭。

在災難應急有萬全準備的德國人，事實上對疫情的漫不經心讓所有台僑都很揪心！沒有人戴口罩，沒有人宣傳要用肥皂洗手，見面打招呼還是抱來抱去的……。是我們太緊張還是他們太輕鬆？繼續看下去吧……。

【盼望】

郵輪……日本，韓國……

伊朗，義大利，美國……

大爆發終究是要來的。

「也許，在大地還沒毀掉我們之前，人類就自啟滅絕裝置了。」

「那你會難過嗎？」

「不會！如果我們一起手牽手去了天堂，在新天新地也很快樂啊！」

「那我們會見到我爸爸、歐爸歐嬤、雷娜阿姨、我外公、我舅舅囉？」

「我也不知道，到時候我們可以一起找找。」

我們忽然像吃著Haribo小熊軟糖的孩子一樣，說著將來的願望，又開心起來了。

我仔細想著要跟每個人說的話、要交代的事。如果今天就是最後一天，如果忽然我們被隔絕了、不再見了，記掛的是甚麼呢？腦海中一直浮現著那個武漢居民絕望地將他賺來的鈔票不斷從高樓上灑下，隨風而逝。螻蟻之民一生的願望也只是平安度日，如此平凡也竟至落空。

人若賺得了全世界，卻沒了生命，又有甚麼意義呢？這個道理小民如今透澈了。但許多掌權勢富貴之人仍是想不通啊！

關上門之後

我要講一個約莫發生在一百年前，關於我的奶奶琬琴的故事。

琬琴生性念舊且多情感性，她喜歡談述過往，回憶生活上的美好片刻。老年時的琬琴與家人對坐，她描述過往時，有聲音，有環境，有細節，你可以將想像組合成一個個畫面，琬琴的一生拼接起來就像是一部耐人尋味的小說。

她常說起十多歲時，父親為了當年時代盛事的「萬國博覽會」，在台北租了一個月的住所，讓家族輪流北上觀賞。她形容當時的盛況，鉅細靡遺，眉開眼笑，彷彿回到了當年的青春少女。

琬琴也常說起每次與丈夫一同搭車探望子女時，經過公路休息站，丈夫總會下車買一杯熱咖啡，一杯咖啡十五元，勤儉持家的兩人共飲那杯咖啡的甜蜜片刻。

琬琴談丈夫，談父親，談兄弟姊妹，甚少談起母親。說起母親時只會淡淡地低下頭神色黯然地說，在自己小的時候母親就過世了，所以後來父親又娶了他人另組家庭。說到此處我們也不便再追問，而只是默默地假想，可能年少時的她，對於母親的記憶不是那麼深刻吧。

在琬琴九十多歲時的一個午後，琬琴的弟弟和家人來訪，弟弟看著已失智的琬琴，對我們道起了這段往事。

「當年我在東京讀醫科，那時候還是坐船跨海的時代，留學生很久才能回台灣一次。那一次我回台灣，剛好肺結核流行，琬琴得到了肺結核，她那時大概十三、四歲吧。我媽媽（琬琴的媽媽）每天在病床旁照顧她，在我要回去日本前，琬琴漸漸地好轉，而媽媽卻感染了，當時媽媽的狀況輕微，原本我以為她也會好轉的。」

「我拿了行李要準備出門了，隔著門我對媽媽說：『卡桑（媽媽），我要出發去日本了。』媽媽在門內說：『你一個人出門在外要多保重喔。』我沒有想到隔了那扇門的告別，是跟媽媽永久地離別了，如果知道是這樣，我會再見媽媽一眼的。」

當下在場的我們，久久無法言語。我頓時忽然明白，琬琴多年來不曾提過母親的理由。琬琴為母親的死感到自責，她有一個一輩子無法面對的傷痛。

母親過世之後，父親認為她與母親相剋才會導致母親的死。所以將琬琴給了別人當養女，琬琴在養父母家庭每日以淚洗面，親生姊姊感到十分不忍，求父親將琬琴接了回來。父親之後另組家庭，琬琴寄宿在兄長的家庭幫忙家務，直到有了自己的歸宿為止。

百年之後，病毒用另一種形式再席捲世界。我們感到害怕，恐懼，歧視，躲避，絕望。看到人性的美和醜惡，而我們還未看到的，令人心碎的是在那道門被關之後，正在上演如同琬琴的人生，一輩子都無法說出口的悲傷故事。

Track #6

你開始回想畫面裡看不到的其他細節。你想起忙進忙出的小廚娘模樣清麗，年紀很小，擺盤很細緻，你記得她是因為每一道菜裡有心意有熱情，你記得粉色花瓣躺在一床口感柔軟綿密裡，鹽畫的魚在盤邊潛伏，片岩盤子在漂流木餐桌上那麼沉穩自在，魚拓布幔記錄著一片海的滋養，老人家說夠了就好。畫面裡還有K邊吃邊說「活著，真好」的聲音，在那段1分41秒記憶中的味蕾裡，迴盪盤旋。選擇、定義、追尋，重複。

Track #1

時間是生命。每一天重複地過著一樣的日子，跟每一天不重複地過一樣的日子，三百六十五天後，都是一年，也都是生活。

唯一真正在我們眼前的不是過去不是未來，是此刻，而此刻瞬間就成為過去，在未來到來之前。

Track #3

不得不放開控制的時候，感覺起來很像是放棄。爾後，腳步的輕盈和沉重是平等的，速度的快和慢是平等的，開始和抵達是平等的，我開始覺察到念頭的兩邊都很好——想法招喚所有的滋味，從小小身軀裡原生地湧出力量，我的吸吐可以是山的節奏，不疾不徐，我的踩踏就是路的延伸，隨著地勢起伏，而那一段段沿著白線上行的時刻裡，體內的熱氣蒸發，我感覺自己短暫地變成透明敞開的存在，啪地瞬間，一切完美而平衡。在這座山上有一個人的心，正因為踩踏過的每一哩路輕柔地鬆了開來。Play。

Track #2

是這樣開始的。公路安安靜靜地，山安安靜靜地，溫度宜人的清晨光線沿著山巔，無以名狀的顏色鑲在稜線上，劃開山與天，美得叫人屏息的一切引誘著我前行，一步步在眼前展開的是風景，是一哩路的單獨。

到真正進到山間，深灰色的路隨坡度攀升，身體狀況也一點一點被外在改變，公路面無表情，我也是。隨著每一次氧氣進到鼻孔的間隔越來越短，呼出去的速度越來越急促，所有認為應該控制的都變得不可控制，腦海閃過萬一速度為零瞬間因靜止而倒地的畫面，蟄伏已久的恐懼蠢蠢欲動，而我唯一能決定的就是跟自己說好不要停下來。「快到了嗎？」「快到了吧！」我開始跟自己攀談，有時是討論有時是商量，「還在意落在最後嗎？」「怎麼忘了這段路有這麼難？」緩緩輕呼一口氣後，再把視線落回灰色的路白色的線，「路怎麼遙遠地像是正要去到世界的盡頭，而盡頭一直往後退？」，到這裡總算明白目的地和此刻暫時無關，既然放棄也不是選項，接下來最多也就是：呼吸、節奏、踩踏，Repeat。

Track #4

如果勇氣的同義詞是偏執反義詞是堅持，自由就會變成過程。過程不是用來費心理解的，過程就是過程，也不是走比較少人走的那條路才需要勇氣，親愛的H，丟失的找回來就好了，遺忘的記起來就好了，而我們最渴望找回的，一直是未曾離開過的自己。

Track #5

要不是那一段1分41秒的縮時影片裡，每個人都在看手機、拿碗、挾菜、看手機、拿碗、挾菜，大菜上桌時眾人偶爾起身，隨即又回到規律的重複：看手機、拿碗、挾菜，你不會想到時間濃縮後可以一刀切出一個扁平而狹長的面，重複到某種時間的長度時，令人莞爾的不是畫面裡的發生，在你看穿這些時間或延展或壓縮的隱喻後。

Track #8

常常在走進山裡或騎行很遠距離的時候，問一些自己平常無法回答的問題，像是「甚麼才是最重要的？」、「你渴望的到底是甚麼？」、「世界是甚麼？」、「你喜歡現在的生活嗎？」、「如果追尋的最後是回到原點，你會依然義無反顧地投入？」、「你認識自己嗎？」、「還懼怕失去嗎？」、「人為甚麼而活？」答案不一定會出現，但是會融化，像冰塊儲存水的記憶遇見溫暖的時候，銳利的邊線消融，柔軟地淌過地表，滲入皮膚變成汗水，蒸發成霧氣就變成雲，問題變成想法循環再生，凝結指向北方和青鳥的座標，滋養靈感，生活的力量。

「你願意去愛嗎？」「好。」

Track #7

Life’s a dance, we all have to do

What does the music require ?

People are moving together

Close as the flames in a fire

Feel the beat ; music and rhyme

While there is time

We all go 'round and 'round

Partners of lost and found

Looking for one more chance

All I know is

We' re all in the dance

— Paris, Je t' aime

不曾發生的，讓我們明白渴望與追尋，

曾經發生的，讓我們理解良善與選擇，

來過生命中的，令我們珍惜擁有，

即將來到的，獻上未知的嶄新與探索的勇氣，

當生活的儀式感大於目標，意義和快樂就會肩並肩擁抱。

乞嗤大魔王

今天的空氣特別自由，喔，原來我忘記戴口罩，怪不得。意識到自己沒有戴口罩時，我正在重新橋下的市集，手拿著一袋油飯。感覺赤裸裸的站在人來人往的洪潮中，呆呆的不知該如何反應。

二月七日香港的武漢肺炎疫情加劇，台灣政府宣布，來自「疫區」的香港人入境台灣，需要家居隔離十四天，二月十日之後乾脆不給香港人發旅遊簽證。而我們就是神推鬼擁似的，在二月五日這道狹隙裡，搬到重新路五段，重新開始另一段生活。

隨手帶了朋友送的「乞嗤大魔王」小擺設來，只是個巧合。這是我的童年回憶，乞嗤大魔王是一套日本卡通片的主角，是瓶子裡的精靈，只有主人打個噴嚏就可以把他召喚出來，幫你完成要完成的事。猜不到在這場瘟疫裡，他成了我家的守護神，我可不想需要打噴嚏召喚他呢。

手機裡群組中的世界已經沒日，沒有口罩，沒有酒精，沒有廁紙，沒有米，沒有上班，沒有上學，沒有政府，沒有沒有，儘管冬日陽光和煦，天澄如鏡。有人說，香港人不是在抗議，就是在抗疫。我們過去幾個月身陷史無前例的社會運動，香港尚未光復，即遇上這場時代瘟疫，在創傷中來不及撿回自己，就要投入洶湧的抗疫之中。

專家說，武漢肺炎病人每一毫升的口沫有一億個病毒，即是一粒芝麻大小的水點可以存活十個病毒，由於我們沒有免疫力，少少幾顆病毒就足以讓我們中招。單單想像中港台一家親，圍在一起打邊爐吃火鍋，已經不寒而慄。

但日子還是要過。我們戴著口罩奔走於宜家和家樂福之間，一個家慢慢慢慢的建立起來。一個地方可以讓你安安心心深居簡出，就是一個家。我把自己隔離於慌忙之外，不再追逐口罩行情、確診數字；把自己隔離於熟悉之外，不蒲夜市、書店、咖啡店；我在想像，生命有個 Reset 鍵。

小時候在天星碼頭一聽到雪糕車的音樂，口水直流，心情愉悅。多年後聽到《藍色多瑙河》，依然會想念軟雪糕的溫柔。如今聽見《少女的祈禱》從遠方響起，我們就立即恭恭敬敬的戴上口罩，拎著大包垃圾下樓，跟街坊阿嬤們一起等垃圾車的到來。對於我們這兩個新鄰居，大家並沒有太大的熱情。剛到埗時有朋友在我們家裡家居隔離十四天，因為在官方表格上填寫的電話是香港號碼，一時失聯，攪到里長到訪，警察上門，平靜的老社區突然出現了從疫區來的不速之客，大家有點緊張也是人之常情。我們嘗試在口罩的掩蓋下流露善意，如果眼睛會說話，它會說：「大家好，我們來自香港，請不要害怕。」後來，我們學會順其自然，只對跟我們有眼神接觸的街坊打招呼，不再強求所有人的接納，畢竟我們是帶著濃濃香港口音的「瘟神」。日子有功，一個街坊保長阿嬤，終於跟我們說話了，只是講了半天，我們一句台語也聽不懂，但總算是個好開始。

有一趟我要寄一份文件到香港，快遞小哥來我家收件，在我填寫資料時，小哥輕聲的問我：「有沒有口罩？」我望著戴著口罩的他，心想一個陌生人居然關心另一個陌生人夠不夠口罩用，實在太台灣了吧。我回他說：「不用擔心，我有口罩。」誰不知他兇兇的拋了一句：「你不能寄口罩！」原來他問我文件裡有沒有夾著口罩，法例規定不能寄口罩到國外。哈哈，表錯情。過往對台灣的想像，往後要用每天的日常生活好好印證。

我們如常的在家做飯，不消兩個星期已經幹掉兩公斤池上米。偶爾會在附近小攤買白菜滷和加了很多很多筍絲的滷肉飯，又或九層塔餃子。從外面回來，先除下口罩，在鞋底噴一噴酒精，把厚外套擱在陽台晒一晒，然後洗手，再洗手，把指紋和身分一併擦得模糊不清。

午飯過後，外頭總會傳來鳥叫聲，可是透過老鐵窗花往外望，卻看不見牠們的影踪。巷子裡的老狗整天愛睡，睡飽了在黃昏時分才會懶洋洋的巡視業務，不動聲色，附近車房偶而會傳來金屬敲打、切割的尖銳聲音，可從來沒有聽過狗吠聲。到底我在哪裡呀？我是從鰂魚涌搬到了……大埔……深水埗，還是像我父母當年一樣，從一個病重的城市逃難出來，我也攪不清楚，視乎有沒有在看新聞和上Facebook。

成千上萬的機車擠在路上停在紅燈前，馬達隆、隆、隆，像一頭巨獸，兇猛得像要吞噬整個世界，轉綠燈的一剎那千軍萬馬殺過台北橋，衝向理想中的彼岸。這是我印象中《最好的時光》。而這一幕聲效，每天都會在天微亮時，滲進陽台穿過客廳穿過板間房在我左耳邊掠過。

非典型肺炎在香港肆虐那年，我們結婚了。在電視機前看新聞，看著確診數字和死亡人數每日上升，就想假如我們死不了，不如結婚吧。當時天大的事，是穿婚紗時漂漂亮亮可不可以不戴口罩。

十七年後，我們戴著口罩搬到台北。我們家在大台北都會公園旁。公園建在二重疏洪道內的寬廣空間，因為隨時要作排洪準備，公園要保持空曠，不能有太多的建築物。

洪水來之前，沒有人會見過諾亞方舟。

台北 / 邱仁輝

看似無情卻有情

【二〇〇三年三月　歲次癸未 杏月】

萬里晴空，無雲，早開的櫻花已悄悄地冒出私人宅院的牆頭。台北的街頭剛沉浸在過完吃吃喝喝年後極欲復工的氣氛。……沒承想……境外暗黑疫神的瘟雲已然籠罩著台北的天空。

幾週以後，隨著台北市立和平醫院因嚴重急性呼吸困難症候群 Severe Acute Respiratory Syndrome（SARS）院內感染遭到封院之故，全台灣地區進入前所未見的民眾恐慌與醫療窘境。

「邱醫師，急診有個病人，請您過去看一下。」診間外面傳來急促的聲音。趕快處理完手邊的事後，緊急地衝到急診。

「今天早上出門的時候跌倒，嘴巴流血不止，目前體溫 36.8 度。隔離服請到隔壁換，N95口罩，防護罩，及手套都在裡面喔。」護理師一邊快速報告著一邊打開隔離室的門。

「啊——請打開您的嘴巴。不用擔心，我只是看一下哪裡有傷口。啊——張再大一點。」穿戴全副武裝的我，一方面安慰病人，一方面緊張著。安慰的是病人的心，緊張的是面對一個可能是SARS的接觸者。正在盤算著怎麼縫合的時候，突然「哈——啾——」病人一個大大的噴嚏，打得我整個防護罩上面都是口水泡沫。

我望著眼前防護罩上的「點點滴滴」，有點絕望有點慶幸。絕望的是擔心會不會感染SARS，慶幸的是還好有戴防護罩。在脫完所有的防護離開隔離室後，驚魂未定的我度過了這輩子最難熬的一個月。

【二〇〇三年五月　歲次癸未　槐月】

疫神的瘟雲快速地擴張著……擴張著……已經吞噬了整個台灣的天空。

一個週三上午，天氣晴。

「邱醫師，邱醫師，我這裡是澳底，你爸爸不見了，我們到處都找不到，他有回去嗎？」話筒裡傳來爸爸好友「阿國仔」急促的聲音。

父親是外科醫師，在台北市中山北路馬偕醫院對面開了一家綜合醫院。過去，閒暇之餘父親總會一個人傍晚開車去澳底，半夜駕著漁船出海釣魚。一週大約一到兩次。自從SARS之後，父親的醫院因為病人不敢到醫院看病而冷清到幾乎門可羅雀的地步，父親在家閒不住，所以出海釣魚的時間也增加許多。

「喂，是某某醫院急診室嗎？……請問昨天半夜是否有一個八十幾歲的老先生路倒被送到貴院？」

「喂，請轉某某醫院急診室，謝謝。」「是急診室嗎？……請問昨天夜裡是否有車禍的病人，大約八十幾歲，被送到貴院？」

在跟診間病人們道歉說有急事必須離開後，我開著車子沿著平常父親到澳底的路線，一邊打著電話詢問父親可能因為頭暈身體不適或者因為車禍而被送到哪間醫院，一邊巡視著路旁兩側的診所或醫院，期望看到那熟悉的身影……。

五月的海風，暖暖的，鹹鹹的。一艘空盪的漁船在港邊被湧起的浪推得忽高忽低。雙眼的淚水，熱熱的，刺刺的。一顆絕望的心有如掉入暗黑的海底越來越深。「阿爸，快回來，快回來唷！」依著落海人的習俗我向大海極力地呼喊著，呼喊著，一再呼喊著。

然而，大海依舊沒有回應，一如以往……無情地……。

「邱醫師，邱醫師，你爸爸找到了，趕快回來。」

就在搜尋快一天大夥們已經放棄的時候，我沿著海邊開車往回走不到五分鐘的路程，電話中傳來阿國仔的聲音要我回到港邊。

到了青藏高原才知道藍天白雲的美麗，轉過了世界中心須彌山「崗仁波齊」，才了解神山致命的吸引力。以前總不理解明知道賽車、登山那麼危險，為什麼他們還要一再地比賽、不斷地登頂？直到某一年某一次在他們喜愛的活動下來到生命的終點。

潮來潮往，一波接著一波，望著水中父親乾淨的臉龐，想像著那落水可能驚恐害怕的心情與畫面，我左手握著父親高舉的右手，右手慢慢地將他的眼闔上。輕輕地我抱著他告訴他「阿爸，我來了，不要擔心，我帶你回家囉。」

二〇〇三年七月五日，世衛組織將台灣從SARS疫區中除名。大家開始聚餐活動的時候，媽媽突然說「其實爸爸也是SARS的受害者。」

【二〇二〇年一月　歲次己亥　臘月】

傍晚六、七點的台北市，就像一大片停車場。一列列黃色的車頭燈及紅色的車尾燈像兩隻蜿蜒的巨龍，穿梭在市區各個街頭。街旁傳來「歡鑼喜鼓，咚得隆咚鏘，鈸鐃穿雲霄……。」民歌〈廟會〉的音樂。由於豬年尾的農曆春節來得比往常早，二〇二〇年跨年後的台北，早已充滿了過節前的繁忙與歡樂氣氛。

醫院診間前的候診室，菜市場似的人群來來往往，穿梭在電梯與診間的通道。院區裡擠滿了車子，遠遠望去，偶爾出現幾部小推車，推車上堆滿了像小山一樣各種紅色袋子，那是病人們感謝某位名醫而送的小小心意禮盒。

「我們科的尾牙在一月十七日，你們呢？」

「今年過年來得早，所以餐廳都訂不到了，我們科改成喝春酒，訂在二月二十一日。」

「聽說去年你抽到院長獎，我是槓龜了。今年你的手要借我摸一摸，沾點喜氣吧。」

「其他醫院的開刀房尾牙也改成春酒了，好像也是在二月那時候呢！」

「對了，三月去日本的時候，揪個團一起去吧！」

走在醫院院區裡，聽到許多年輕的醫師和護理人員的對話，無不是對尾牙聚餐摸彩抽獎和出國賞櫻的期待與盼望。

【二〇二〇年二月　歲次庚子 正月】

正月的氣候越來越冷，可是據說今年的冬天是暖冬。除夕時家人要團圓守歲，守歲是為了大家能夠藉著放爆竹，貼門聯，來驅趕「年」獸的侵犯。就在人們歡歡喜喜地迎接鼠年的來到，「年」獸的魔爪早已侵襲台灣各地。

聳動的標題，駭人聽聞的內容，道聽塗說的種種傳聞，極其用力刻薄的播報聲音，鋪天蓋地的在報紙、電視、手機等媒體，每小時、每一天，不斷不斷地傳閱著……散播著……。

迎著晦暗的雨天天色，一如往常，我開著車要到醫院。出乎意料地，街上除了偶爾疾駛過的公車，竟無一絲一毫「人」的氣息。這情景有種「déjà vu」的感覺，讓我想起二〇〇三年初SARS肆虐時台北市有如死城的街頭，和SARS帶給我家突如其來的巨變及過去種種。

遠遠地可以看到對側車道幾公里外沒有來車的跡象，想起之前與好友王志宏開著吉普車在青藏高原上，若開了幾公里都沒有來車的時候，就會猜測前方的路是否坍方了的情景。昏黃的路燈照在空無一人的城市，車外極其安靜，靜寂地好像可以聽到青藏高原上溪水流過翻起沙子的聲音。

「咕嚕——咕嚕——」慢慢行駛而來的捷運車輪聲，小小聲地，生怕碾碎了那許久未有的寧靜。

幾天後，全台進入防疫二級警戒。醫院成了檢疫重要的執行單位，所有進出醫院的門口，全部管制成單一入口單一出口。每個進入醫院的人，都要經過檢疫人員拿著測溫槍在額頭上檢測過後才能通過，感覺上好像經過行天宮的收驚儀式才會放心似的。這時候方才覺得過去把整個醫院同仁搞得死去活來的醫院評鑑還是有它存在的道理，畢竟需要的時候，幾天內就能夠快速且完整地動員起來。

「你買口罩了沒？」「你有口罩嗎？」

今年過年後見面的第一句話，已經不是「恭喜，恭喜」，而是口罩相關的關鍵詞。寒暄過後不再是並肩而行，而是匆忙刻意地互相離去。平常休閒的體育館、健身房、網球場等公共場所，也都用黃色塑膠帶封閉起來。連手機裡以往好友群組之間的嘘寒問暖，似乎也凍了起來不再熱絡。

週末到了一家原本是訂不到家族喝春酒位子的餐廳，裡面也是空蕩蕩的。「原本訂位的人，有四五桌都取消了，因為在大陸沒辦法回來。」店家無奈地說著。我看了一看，裡面才只有約莫五六桌的空間，當天就算我們一家包場。

是骨牌效應吧！餐廳，旅遊，休閒，電影院，遊樂場等的蕭條報導，都不再是新聞了。

「此病人二月一日有來自香港的旅遊史」鮮豔的紅色警語，出現在我第一個看診病人的螢幕上。在病人還沒進來之前，先請護理師確認此種狀況的標準處理流程，才進行後續的看診以免造成重大的防疫漏洞。

「以後你看診的時候，不要只盯者螢幕看，要面對病人……。」我提醒著身旁跟診的實習醫師，希望他往後可以因為這一次跟診而學習成為一個好的醫生。「你要記著這次的疫情，那對你來說可能一輩子會遇到幾次，如果你能好好吸收這次的經驗，對你來說一定是很有幫助的。」「口罩只是治標的，最重要的是勤洗手，篩檢與隔離。」

「你要看著他的眼睛詢問病情，而不是看著螢幕……。」我一邊說著，一邊想著等下有空的時候，告訴他一部電影《羅丹薩的夜晚》中因為醫療糾紛的醫師，直接面對病人家屬的時候，家屬聽完他冗長的解釋與辯解，最後只問他一句話「我太太的眼睛是甚麼顏色？」結果他無言以對的故事。

「鼠年」的開春，天不冷，冷的是各行各業的焦慮與不安，農曆正月的台北很可怕，可怕的不是口罩外面可防堵的病毒，而是口罩後面冷漠歧視的心態。

即便如此，人們還是用不同的方式反映社會處處有溫情。一個我們經常光顧的餐廳老闆，在我們用完餐要離去的時候，特地拿了一小罐綠綠的東西給我們。「現在外面疫情越來越高，這一瓶你們拿去，裡面有我之前 SARS 時用來增強免疫抵抗病毒的配方，有洋蔥、香菜、薄荷、白蘿蔔等，可能會有幫助，一天一小口就好。」

「邱醫生，你甚麼時候退休？退休以後還會看診嗎？」一個戴著口罩的病人問我。

「會呀，怎麼了？」我想甚麼事要這麼問。

「沒有啦，只是給你看著麼久，想說萬一你退休了，我們這些病人要給誰看呢？對了，你有沒有口罩？我給你一個，一定要為我們病人保重身體唷！」

「喔，好的，一定會的，我們有發口罩，你自己留著用喔。」我看著她口罩上端的眼睛……嗯，是「棕黑色的」。

曾經聽過「戴口罩的女孩子，顏值可以提升一個層次」的傳聞，一開始我還不相信，但是看過這女孩後，我相信這個傳聞。不是因為她戴了口罩，而是她的心證實了這個傳聞。

離開診間聽到一個媽媽蹲著跟她的小孩說「不要擔心現在的情況，我們每一天結束的時候，要感恩上天賜給我們平安的一天，用勇敢與智慧的心去面對未來的每一天。」開車的路上，我發現中山北路的楓紅未褪，台北市的早櫻已經悄悄綻放了。

恐慌，不恐慌

二〇二〇農曆年，就像每年過年一樣，除了期待即將到來的長假、大吃大喝一番，還有迫不及待等著每週上線的當紅韓劇。每天忙著準備大大小小的事，就是要開開心心準備過年。同時，電視新聞也不斷報導著跟新冠肺炎相關的消息，偶爾也看到朋友之間在社群媒體上分享著。

武漢，對我來說很陌生，也很遙遠。距離上一次踏入中國大陸大概是十四年前的事情。就在過年後不久，除了武漢之外，北京及上海等大城市也跟進實施封閉式管理。

長期在蘇州工作、因為過年回台的高中同學，還以為我們原本過年約好的飯局會因為擔心疫情而放他鴿子。考量蘇州疫情沒有那麼嚴重，我們這幾個天不怕地不怕的同學還是捨命陪君子，約好了在大年初五這晚，在我經營的小店吃著圍爐火鍋。

許久未聚的三五好友齊聚一堂，聊天的話題從同學八卦聊到人生規劃，聊到那個誰誰誰這把年紀想生孩子是不是應該要先凍卵，最後再聊到疫情狀況，聊到病毒從哪裡來？哪裡買口罩？是不是要開始儲存糧食？擔心有天整個世界是否會變成電影演的那樣。因為疫情而停擺，店家紛紛關門，路上再也沒有人車在走動，又或是大家為了生存而開始趁火打劫。聽著這些話題就像天方夜譚，充滿著各種想像。但如今這樣的現況似乎部分也在武漢當地上演著。

台灣這邊的情況雖然確診病例的數量沒有這麼可怕，但是有了SARS的前車之鑑，台灣人似乎非常恐慌。恐慌到搶口罩、搶酒精、搶衛生紙，搶到政府必須將買口罩改成實名制。每個人必須憑健保卡到藥局買口罩，一週七天只能領兩片。所以接下來好幾個星期，就看到大大小小的藥局門外排了長長的人龍，等上一兩個小時就為了買到那珍貴的兩片口罩。我們開玩笑說，那些在還未發生口罩及酒精荒的時候就已經買到的人，現在簡直就是富可敵國了！

接下來的這些日子，高中同學回蘇州工作了，口罩依然缺貨並按照實名制購買，

75%消毒用酒精依然一瓶難求。但是似乎不太像電視新聞所說的，大家也沒有減少外出。我開的小店不知道是不是天氣漸熱，依然還是有不少的顧客結伴上門。也許在這種時刻能夠與朋友偶爾嚐嚐療癒甜點，算是給自己與身邊的人一種安慰吧。

幾乎每天都有新的病例確診出現。南韓淪陷的消息也讓我非常替韓國朋友擔心。日本、歐洲、美國確診人數也越來越多，我們都不清楚電視新聞像這樣持續播放著新冠肺炎的相關訊息還要多久。這大概是此生唯一一次期待著新聞台報導那些無關緊要的新聞，例如某個政治人物又在哪裡作秀、哪位藝人又跟誰口水戰要提告之類的笑話。

除了戴好口罩，勤洗手之外，還要好好吃飯、好好睡覺再加上規律的運動，這些是新年待辦清單上追加的一條。唯有增強自己的抵抗力，才能努力讓自己遠離病毒。有健康的身體，才能實踐與同學口中閒聊的人生規劃。願所有人能夠一起平安、健康，順利渡過這次肺炎浩劫。

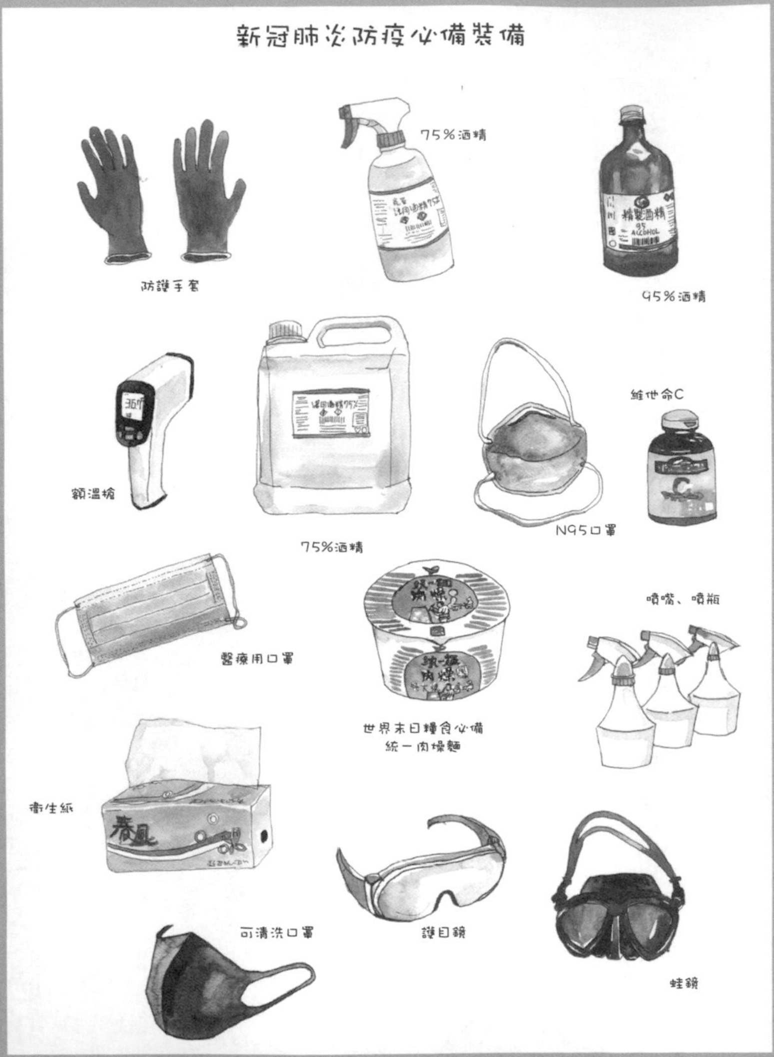
新冠肺炎防疫必備裝備
防護手套
75%酒精
95%酒精
額溫槍
75%酒精
N95口罩
維他命C
醫療用口罩
世界末日糧食必備
統一肉燥麵
噴嘴、噴瓶
衛生紙
可清洗口罩
護目鏡
蛙鏡

把今天過好

在每年立春雨水驚蟄之間，氣候往往變化劇烈，北半球努力在旋轉中從冬天掙脫。

這個庚子年的元月與二月，全世界都被一個新的病毒影響，比肺炎還可怕的是，每日鋪天蓋地來的謠言與新聞，讓恐懼比病毒更深入人群社會。

對我們的生活軌跡來說，生命中的重大事件都發生在這個時節。父親在二〇一一的雨水節氣時仙逝，兩週後母親也隨父親腳步離去。他們相繼走時……我覺得自己的靈魂身體也消失了一部分。

女兒渝緹在二〇〇〇的元宵節前一天出生。一出生一小時我就陪同搭上救護車，轉送附近醫院的小兒加護病房，接上呼吸器心電圖點滴……維生系統。所以此刻的這個月，她滿二十週歲了。她的性命被現代醫學救回來，醫生卻無法把她變成一個一般的女孩。這些年來，緹媽的細心照顧，讓她也上了台北啟智學校，從小學部一直讀到高職畢業。但是，她還是維持嬌小身材十一公斤左右。不會坐，不會站……很會發脾氣，偶爾會露出迷人笑容。

所以，我們不太擔憂新的疫病。這些年來，陪伴病人，奔走醫院，在一些段落中都是日常。我們只怕自己老了病了無法照顧女兒，其餘沒啥好擔心。

在酒局聚餐少了一些的時刻，我們剛好可以學習過過平常日子，想想自己與家人、社會、大自然的關聯。反省一下，自己是否掠奪的太多，關心的太少？抑或只是平靜的面對生活中的每個細節，認真誠懇與自己相處，做好每件日常小事，洗手吃飯上廁所……。

只是把今天過好。

此刻……。

尋找每個最後的你

台北 / 胡發祥

你總會在每一天、或每隔三四天上網去看我的臉書，耐心的為每一張照片或圖文按讚。

你有時候還會把我或是你孫子孫女一些日常得意訊息轉貼在你的版面上分享。雖然我知道你只是要給居住在國外的親友們看之外，其實你現在也沒有什麼朋友會看，只因為你的好朋友多數已失聯，或者你的老朋友們不像你一樣跟得上數位時代、也會使用網路、愛用３Ｃ產品這麼潮。但你的一個分享小小的舉動，的確令我看到你心中的自豪與自得其樂。

直到前幾天我回看二月一日的臉書貼文上你按了讚之後，才明白你的按讚竟已成了我今生不可再奢求的期盼。

不同以往新春，正月過了之後，今年的二月特別的漫長。以往假日的信義商圈異常冷清，城市裡經常會塞車的主要街道也清空了許多。自去年底從武漢發現病例而延伸至各地且陸續傳出疫情、且在尚未有病毒解藥的同時，向來習慣凡事搶在第一搶最前的人們，也開始關注到最後。例如媒體報導某個從中港澳地區回台的人最後到過何處、最後和多少人接觸、或是在居家隔離期間還到處亂跑，最後在某處被檢舉尋獲並給予重重的罰款。

似乎整個城市、甚至整個世界如今每天都關心著究竟最後會有多少病例，最後發展又會是如何。已經不再只著重最初或是誰領先誰第一或誰在最前面了。

而我竟也得開始努力找尋你的每個最後。

那是因為二月二十五日那天晚上，在負壓加護病房沉睡中的你突然停止了一切的生命訊號。

我隔著加護病房的玻璃窗盡力的壓抑著哭泣，向你道謝、道別，也為你守夜助念。因為我相信你會聽到，也一定會明白。

你因胃痛不適，在二月六日住進醫院。二月八日，星期六，我到醫院看護並陪著你。那天傍晚我問你要不要下床活動一下，看看電視？

你答應了。在坐上輪椅之前，你像以往那樣習慣的拿起梳子整理一下頭髮、並換上衣褲。我慢慢推著輪椅上的你繞著走廊當作散步，最後走進日光視聽室看電視。

你還記得那天的電視播什麼嗎？記得在孩童時期，我最喜歡和你一起看電視。因為那時尚未讀幼稚園的我，每次看到電視播出外語戲劇的時候，都會問你電視裡面的人在說什麼。而你都會向我解釋翻譯一遍劇情，即使長大後知道你也聽不太懂外國人說什麼。你是否還記得那天的電視一直在報導寶瓶星號郵輪等待檢驗武漢肺炎結果的新聞嗎？我甚至還因為看到某台記者為了打發等待時間，一直著重在報導郵輪旅客晚上的便當菜色而發文到臉書上揶揄一番。

但如今，這個在當時我覺得很中二的新聞報導畫面，竟是在今生裡，和你一起觀看的最後電視畫面了。

我想這難忘的畫面和味道，在往後日子裡遠比任何豐盛的便當菜色都香。

你後來做了一次胃潰瘍手術，雖然醫生說出血有點嚴重，但接下來的兩週期間，你只是斷斷續續的發燒，其他狀況及數據顯示也算穩定，你不覺有何不適，只是仍苦於不能進食。而我也在每日的探視你之中得到不少信心。暗自相信只要多觀察治療幾天你就可以像之前一樣出院回家了。

然而這兩星期你的狀況一如病房外面的疫情，似乎沒有什麼特別令人振奮的消息，除了持續實名制排隊買口罩和到處張羅75％的酒精之外。但大家知道距離學校開學的日期也近了，即使這個疫情已使得今年寒假特別延長兩週，但年輕的學生們都覺得不夠，就像我覺得你還有好多地方還玩不夠，好吃的美食還品嚐不夠，而你也一定會好起來的。

二月十九日上午，接獲醫生和護理人員告知說你的呼吸有點喘、積痰有點多，可能是膽管炎引發其他的部分，希望我們要有些心理準備。其實我是不能完全接受的，因為包括你自己也相信狀況還好。你關心的問我說：「他們說我的病情怎麼了？」我其實也不太確定，只好善意的對你說，「醫生說沒什麼事，你只是有些發炎、呼吸有點喘，他們會幫你治療的。」你似乎也稍微安心但不解的說：「對啊。醫生為什麼還要我簽那麼多和弄那麼多東西？」我其實也很惶恐，但只好對你說，「因為醫院要確認你之前的健保卡已簽了不要電擊的事。沒問題的，你要有信心。」而這是你和我最後清楚的對話。

因為那天下午開始，你急促的呼吸和積痰越來越嚴重，致使醫生不得不插管抽痰。我無從幫忙減輕你的痛苦，卻恨自己不如你的堅強足以勇敢直視，我只能站在病房門口外一直為你祈禱。加油啊！你一定可以撐過來！好起來的！

但醫生在當晚還是決定將你轉送到負壓加護病房，並且相信用加強的治療方式或許對你的病情會有一些幫助。也因為治療的同時注射了一些鎮定劑，相信可以減輕你身上各種插管治療的痛楚。因此在最後那幾天裡，你也一直在沉睡中。

在那幾天，你彷彿因為了防疫而被居家隔離般的不能與所有人靠近。我只能隔著玻璃窗探視你、為你加油打氣。正巧我在網路上看到大陸有個很「兩光」的網路直播主，他因為疑似感染而被居家隔離多日，覺得太無聊了，所以乾脆在睡覺時也打開手機直播自己睡覺實況。沒想到一覺醒來，竟然發現自己的粉絲多了近六十萬人，而且還獲得七萬多的人民幣按讚打賞。這實在是既兩光又風光的最佳案例呀。

你知道嗎，此刻的我是多麼希望你也能像他如此這般的結果。你只是一時被隔離休養，只是被限制自由行動而已。

我每天努力祈求上天的加持保佑你，祈求祂讓你也可以在沉睡後一覺醒來，如穿越時空般出現在你面前的是一片樂土，以及擁有令人稱羨的美好風光。

我很後悔當時因為害怕讓你擔心恐懼，而沒讓醫生直接告訴你病情嚴重的程度

（老實說我也不相信會如此嚴重），沒有讓你交待更多的事。畢竟當時的你也充滿信心、求生意志依然堅定。

記得在諾蘭導演的電影《Interstellar》有一句台詞：「父母的存在是為了給孩子留下回憶。」

如今，雖然你已不在，但你給我的回憶，已足夠讓我更有勇氣的走向遙遠的前方。

在你最後離開的那天晚上，我悲傷的腦海裡卻不時浮現這首關於父子情深的老歌：

"Would you know my name if I saw you in heaven ?

Would it be the same if I saw you in heaven?..."

如果在未來相遇，爸爸，您還會記得我嗎？

或者，您還會像從前一樣在我的臉書貼文中按讚或大心嗎？

在你離去後的第一個清晨，站在醫院外的我淚盈滿眶，抬頭卻見萬里無雲，天空依舊是藍藍的。

我想這也許是你堅定的在跟我說：「黑暗會過去，陽光依然照耀。爸爸，一切都很好。」

二月的夢

這個二月感覺很煩躁，有點與眾不同，但細看分明，這二月其實也沒有什麼不同，人們依舊為生存而爭搶，只是搶取之物，現在多了口罩。

而我依然佛系，不爭不搶不排隊，煩悶時就走到外面抓個寶，感覺日子也沒什麼不同，該發生的依然發生，該不安的還是不安，比較不同的是，這個二月做了比較多的夢，奇奇怪怪的夢。

第一個奇怪的夢是關於螻蟻，一群螻蟻在大地辛勤的工作，為每天的生活，日出而作日落而息，安靜的過日子，但突然有一天，一些螻蟻們開始躁動。

螻蟻：「我們為何要當螻蟻，把命運交給老天來決定，我們要反抗，我們要自己決定自己的命運。」

就這樣，在這些螻蟻的煽動下，其他的螻蟻也跟著展開行動，他們長出了翅膀，一隻一隻的飛起來，一眨眼間，幾乎就要把天空遮住一半。

就在他們快要把天空遮住，感覺自己不用在看老天臉色時，老天出手了。說出手還真是只有出手，一隻巨大的手突然出現在天上，而特別的是這隻手上竟然還戴著一支手套，手套上有六顆閃亮亮的寶石，看起來就像是《復仇者聯盟》薩諾斯手上的那支無限手套，就這樣這隻手輕輕一握，滿天的螻蟻邊開始紛紛墜落，一群接著一群。

就這樣第一個夢醒了，在一群群紛紛掉落不只是螞蟻還是蝗蟲的夢中醒來。

第二個奇怪的夢，是在離第一個夢沒幾天發生的。夢中我來到一個漆黑的山洞，而不知為何，在這不見五指的漆黑中，我還能看見兩隻黑色的蝙蝠，但也可能我就是兩隻蝙蝠中的一隻，但不管我是怎樣的身分，存在這個夢境中，我聽見這樣的對話。

蝙蝠一：「我們要不要來搞一下？」

蝙蝠二：「不太好吧！」

蝙蝠一：「為什麼？」

蝙蝠二：「我發現我有愛滋！」

蝙蝠一：「你是跑去森林跟狐猴亂搞嗎？」

蝙蝠二：「不是，是我白天睡覺時，有人來搞我。」

蝙蝠一：「人真是亂來啊！什麼都能搞。」

蝙蝠二：「是啊！人類什麼都能搞。」

而我就在「人類什麼都能搞……。」這句話不斷REPEAT的回音中醒來，這是我做的第二個夢。

第三個夢，是我在看完一部歐美的愛情電影後做的，為何會記得這麼清楚，是因為這個夢就是電影裡的男女主角主演的，他們就這樣在我的夢裡出現，在他們電影中的那個公園，女主角依然穿著綠色精靈的衣服，兩人坐在公園長椅上，而男主角深情款款地看著女主角。

男主角：「我愛你，我願意把我的一切都給你。」

女主角：「我不要你的一切，我只要你臉上的口罩。」

就在這刻男主角的臉上突然多出了一副口罩，而在女主角的要求說出要求時，男主角瞬間起身轉身，落荒而逃。

就這樣第三個夢醒了，我依稀記得那天的日子，二月十四日，是情人節，一個特別的日子。

第四個夢，則是關於排隊，這個夢我之所以會記得清楚，是因為我不是一個喜歡排隊的人，但我發現我在夢中排隊時，我便把這個夢記得很清楚。我也不知道自己為何在排隊，而且這個隊伍很長，感覺怎麼排都排不完，前面好像不停地有人插隊，怎麼排前面都是長長的人龍，我問我自己為何要在這排隊，突然聽見了自己對自己的回答：「你是想要知道前面到底發生什麼而排隊。」

就這樣不知排了多久，我終於看見大家在排什麼，前面有一個火葬場的大火爐，而這些前面排隊的人，正一個一個的自動跳進火爐中，眼看很快就要輪到我，我著急地想要從隊伍中逃脫，卻發現自己被前後的人夾得緊緊的，就這樣，我一步步地靠進火爐，我拼命的掙扎，就這樣我醒了過來，滿身的大汗。

在接下來的幾天，我都祈禱自己不要再做這樣的夢，最好不要再作夢，但沒想到幾天後還是夢了。

但這次夢的開場很歡樂，是在一個色彩繽紛的童話王國，一個隊伍正在遊行，遊行的主角是一個沒穿衣服但戴著王冠的國王，國王所到之處民眾都熱烈的鼓掌歡迎，國王的身材有點胖，臉長得有像包子，但他顯然很滿意自己的身材，一邊走一邊擺出健美選手的姿勢，群眾們也不停的熱烈鼓掌。就在不知何時，國王的身旁突然多了一個袋子，國王伸手從袋子裡抓東西丟向群眾，群眾紛紛伸手搶接，接到手發現，竟然是一個個王冠，剛接的手的群眾開始很開心，但接著一個個開始口吐白沫臉發黑的倒在地上，四下的群眾開始驚叫奔跑，想躲開丟過來的王冠，但王冠太密集了，沒人躲得掉，大家紛紛倒地，這時我感覺一個皇冠正丟向我，我想躲開，但還是被扔到，我再度驚叫地從夢中醒來，滿頭大汗。

就這樣，整個二月都在做些莫名其妙的夢，只是有的記得清，有些記不清，但是醒來時都會有一種共同的情緒，那就是對這個世界的憤怒，覺得自己好像回到青春叛逆期時的自己，覺得這世界早該毀滅，人就是這地球的癌細胞。

不知道這樣算不算中二，但我覺得自己的這個二月很中二。

想寫這篇文章的昨晚，我其實又做了一個夢，夢中有一個詩人，在一片雪白的大地，伸出雙手，迎接一片片從天上飄落的雪花，他認為那一片片的雪花，是倉促離開人世，來不及跟親人告別的人的靈魂，而同時遠方南方的島嶼上，一個穿著國中生制服的老人，看著陽光普照的窗外，想像著遠方那一場大雪，而身邊老舊的收音機正播放著氣象預告：「天氣預報！天氣預報！暴雪將至，暴雪將至，之後慎防烈日灼身。」

2020202

我和老公各拿著一杯威士忌站在吧檯前，耐心虔誠等待著。桌上鬧鐘規律走著，不會因為人的焦慮而走快些，更氣人的是手機上的、鐘上和手錶的時間總是差那麼幾秒，為何要在意？因為在那一刻許下的願會成真。我們為武漢祈禱，為人、為這個世界祈禱奇蹟出現。「咔嚓」！時鐘指著八點二十分。

2020 年 2 月 2 日 20 點 20 分！

奇蹟並沒有出現，奇怪倒出現不少：超市搶購，口罩缺貨已不是新聞，米和麵搶光也能理解，全城搜尋廁所紙，買不到醬油真是令人驚慌！滿天飛的全是真真假假，疑假似真的新聞，感覺上這時才是更嚴峻病毒的侵入，恐慌的開始就是大患！

如常的靜坐時刻，讓疑惑聽聞想法混亂的飄出飄入腦子，直到心慢慢安定，雜聲逐漸模糊。一句話卻揮之不去：這是一個長見識的鼠年。

轉念之間，猛然醒覺人們陷入了一個陌生無助停頓狀態。活動驟然減少，計畫無限期延遲，甚至取消。什麼是明天？明天是什麼？在沒有答案的空白中，人性善惡美醜在多出來的時間中毫無顧忌的表露無遺。人類和動物的區別，智慧和愚昧到底有多少分別？

朋友到家午餐，摘下口罩他說我們來讀一段聖經好嗎？

「有什麼時候比現在更需要引導，你看人的現實！但我相信上帝會原諒我，這是非常時期。我們翻到傳道書第三章：萬事都有定時。」

「凡事都有定期，天下萬務都有定時。生有時，死有時；栽種有時，拔出也有時；殺戮有時，醫治有時，拆毀有時，建造有時；哭有時，笑有時；哀慟有時，跳舞有時；拋擲石頭有時；堆聚石頭有時；擁抱有時，不抱有時；尋求有時，失落有時；保存有時，捨棄有時；撕裂有時，縫補有時；靜默有時，說話有時；喜愛有時，恨惡有時；戰爭有時，和平有時。」

此時此刻是什麼時刻呢？我不禁想：我們是否只是不停責怪吃蝙蝠的人？一切

歸罪於他？還是上帝早就看透人不但重蹈覆轍還更加自大自私？現在難道不就是一個最佳反省的時刻！它給我們機會放下驕傲，承認不足。它給我們時間和自己相處也和親人重建關心。它讓我們更清楚自己的能力，那些原本的長處擱淺荒廢了。我們忘記原有的單純喜樂，我們甚至忘記抬頭看看身邊最親愛的人。拋開比較，不再埋怨。別讓我們初生擁有的自由被所謂的「知」而無知的綁死。靜靜的觀看，屬於你的，一直都在你身邊，是好是壞？就如你相信自己將來是進天堂還是地獄？祂一早就給了你選擇的自由。

二月十九日是父親六十五年的祭日。他走時我一歲半，他的去世改變了我們一家人的命運。我永遠無法知道如果他沒有死，我的現在是什麼畫面，就如傳道書所告知：人生起落，不多不少，都是定數。感恩我沒有活在「假如我爸爸沒死就好了」的陰影下，活出一個沒有缺愛亦懂得去愛的人生。此時此刻，繼續充滿信心為人類祈禱。

最後友人傳簡訊一則：非常時期大家都有一個共同的珍品「口罩」。我回覆她：希望以後我們會永遠記得它的功勞。

不好意思的故事

我一直到現在生活和工作得很不行，我從小不喜歡做應該做的事，因為它是「應該」的，就會受到壓力，腦子裡會想到各種理由來先做不重要的事，不知不覺地把該做的事往後拖。但一旦開始做那件最重要的事，就會特想完美，玩命追求細節，最後把自己逼得要死。完成之後弄得太累了，讓身心都恢復到正常狀態，需要休息好久，等到下一個該做的工作時間都開始不夠了。認識到這問題的嚴重性之後自己有意識地去儘量提前開始，但發現我提前開始了就無意中會覺得還有很多時間，然後就更想要完美，又反覆地改來改去摳細節，摳了半天不如一開始的好，最後還是時間不夠，讓自己緊張得不行。反反覆覆這麼工作，身體越來越受不了了。身體的各種功能下降，身體原本的節律失調，生活得很不順利。

我每年年底年初的時候會回日本過年，日本人不過春節而過元旦，這次我想少待一些，體檢等把該做的事情做完後想趕快回北京，趕快準備能做個展的作品，因為工作不順利和身體不好，好久沒能做個展了，我想今年一定要做。但不知道為什麼，這次回到日本之後偏偏連續發生很多事，不得已延後了回北京的日期，然後就發生了武漢疫情，我錯過了回北京的時機，現在日本國內都一出門就有危險的時刻了，我的二〇一九年年底到二〇二〇年的開始，變成了跟我原本預想完全不同的一段特別時間，到現在還想不太明白為什麼變成這樣。最近一直很想成為能做完該做的事的人。但我越想把應該做的工作有效地趕快做完，越會發生一些妨礙？阻礙？我的事，好像老天認為你太久時間不自覺，你自覺了已經太晚了，之前已經給你了好機會你不珍惜它，不給你好處，要懲罰你，你活該。好的，是的，我活該。我心裡儘量不要發牢騷話，老老實實地去接受懲罰而做眼前該做的事。

最近幾年的各種問題當中讓我最困擾的是吃飯問題，我太熱愛吃飯了，做飯吃飯也是個快樂時間，做一餐便宜好吃健康的飯菜讓我心裡很滿足，但有時候不知不覺花太長時間，吃完突然想到少掉了工作時間讓我很著急。然後越投入工作，肚子越容易餓，更想吃好吃的。因為快樂地吃飯工作時間不夠很著急，著急了就不順利，所以又用吃飯的樂趣來回避了工作上不順利的心理負擔，進入了惡性循環中走不出去，特別地為難。我這麼著慢慢出現了奇怪的症狀，每天晚上臨睡前肚子就餓，或有時候睡著之後餓醒了。那樣的時候如果忍耐不吃，就很難入睡，好不容易睡著了也總感覺著餓，睡不踏實，第二天早上很早醒來就會想吃高級飯店的自助餐那樣豐盛的早餐，完了之後中餐、晚餐都特想豐盛，被吃飯占掉很多時間和過分的精力，還不如睡前吃點東西，踏踏實實地睡覺，雖然不健康。為了改掉這個問題，絞盡腦汁嘗試各種飲食和運動等養生方式，但似乎沒有出太大效果，反而越想解決越變嚴重。這次回到日本，我就網上找到一個精神科診所，正好這醫生的專長是睡眠障礙和進食障礙，去了那裡醫生就說這個症狀很容易治，真的嗎？太好了，就給我處方了三種藥，都是對腦神經起作用的。回家吃了藥以後一下子就出效果了，飯量大大減少，臨睡前也不怎麼餓了，有時餓一點也不僅能睡，睡得還特別好。哇，真好！雖然因為它的副作用白天稍微會頭昏，但醫生也說慢慢會消失，我很開心，特期待終於我的人生可以大轉變了！

過了一段時間後，我去找一所婦科醫院去做檢查，因為考慮年齡和遺傳因素，最近好久沒做了。結果我在子宮裡長了很多肌瘤，醫生說要做MRI。做之前護士跟我講一些注意事項，它會出強力的電磁波，身上絕不能帶屬於金屬的東西，讓我有點緊張。因為我從十多年開始，對紅色的電暖器和有些出電磁波的電暖氣會有反應，照一會兒就會頭暈。第二天在醫院等待MRI的時候，在地下樓層沒有通風的地方擺著紅色的電暖氣，已經開始有一點頭暈了，那天還偏偏前面的人做得不是很順利。等了半天終於輪到我了，一進檢查室裡面就響著很可怕的聲音，一種像是搖滾樂的打鼓聲，一種像是製造鐵鋼類的工廠裡嘎吱嘎吱的聲音，跟這樣難聽的聲音一起還放了個為嬰兒準備的搖籃曲似的音樂，為的是讓病人輕鬆一點，但其實不協調的要命，一點也不會輕鬆反而更加難受。開始進去機器裡面，不久一會兒暈得嚴重起來了，在眩暈的時候聽見那個搖籃曲的不協調，會增加眩暈難受得要命，我把「不舒服的時候可以按的紐扣」按進去，不好意思地叫護士把那個搖籃曲關掉，然後繼續。

我也努力堅持著，但過一會兒還是太暈了，又把那個紐扣按進去，不好意思地問護士能不能休息一會兒，又問還要做多久。護士說剛到一半，還要做二十分鐘左右。我說可不可以下次再來做剩下一半，她說那樣就會價格兩倍，最好一口氣堅持下來。價格兩倍我不要，我也覺得越休息越暈，好吧我堅持，咬著牙努力地忍耐這遙遠的二十分鐘。終於結束了，搖搖晃晃地走出來，把衣服換上，不行，得上廁所去，頭暈嚴重時我也會有點噁心，但我這世界上最怕的是嘔吐和嘔吐物，無論如何也不要吐，所以我在那樣的時候會在馬桶上坐一會兒，用毅力讓身體裡的東西往下走，就會拉大便，拉完了就會好一些。那天也一樣拉完了可以走了，然後上去結帳，好不容易全過程結束後走出了醫院的門，那天剛好天氣特別好，還刮很大的風，到外面晒著太陽吹著大風，我的頭暈一下子就好起來了，太好了，太好了。晒太陽吹大風特別地爽，稍微多走一走，幾乎完全沒事了，就坐上電車順利回家去了。但特奇妙地一走進我們的家，一下子又暈回來了。怎麼回事！之後我的奇妙生活開始了，只要待在開著電的暖空調的屋裡面，就會頭暈甚至噁心。那樣的時候就馬上要大開窗戶使勁通風，或者出門走一走，儘管很冷的天，必須吸外面的空氣才能恢復。我想那麼奇特的機器給我放射了「強力的電磁波」，身上不能帶金屬的意思就是會有這種不良反應，懷疑我身上已經積累了很多重金屬，因為我在正要發展的中國生活了很多年。

我剛開始以為過上兩三天就會好了吧，但結果是等半天好久都不會好，反而更加嚴重，不管坐電車，商店買東西，到處都在開著電的空調，稍微待一下就受不了，根本不能在餐廳吃飯了，那時太想念北京家裡的暖氣了，北京的暖氣不是電的而是暖水管的，我身體特舒服，但日本沒有。在大冷的天我待的房間不開空調一直在開著窗戶使勁多穿厚衣服，跟我媽一起吃飯什麼的，不好意思地沒辦法讓我媽也承受著冷，讓她也使勁多穿厚衣服。後來慢慢地脖子開始疼，嗓子倒不疼，摸一摸脖子就疼，不知道這是怎麼回事，網上查查，我想估計是扁桃炎，我想我因為吸太多冷空氣，免疫力降低了。然後我就去了家附近的耳喉科診所，但到那裡一開門裡面特別暖的空氣沖到我，一下子要難受了，我跟護士講講我現在的情況，我就在外面門前面等待，因為沒有事先預約，等了比較久的時間，感覺裡面的電暖風從門縫裡都漏出來沖到我，越來越暈了，不行，得離遠一點，跑到馬路對面去，剛到一小會兒護士就出來叫我，啊，很抱歉，我又跑過去勇敢地進去裡面，因為耳喉科，跟醫生順便講了講我這個情況，他竟然說我們這裡的暖氣不是電的，全是Oil heater啊。欸！我的頭暈順利地開始好起來了。醫生說他自己也待在電的空調裡面會很不舒服。接著先給我檢查了頭暈的部分，就說耳科的範圍當中沒有任何異常，說頭暈的原因會有很多，比較難確定。扁桃炎的部分看了看我的脖子和嗓子，就給我開了兩種抗生素，還加上緩解頭暈的藥。出來診室等待結帳，都不用那麼緊張了，好好地待在那裡，就看見大門旁邊牆壁上按著北京的暖氣似的暖管子。啊……在日本很少很少能看見這東西。跟護士小姐道歉真不好意思，她笑著沒事沒事。然後我就回家開始吃抗生素。

在日本一般醫院給處方的藥和藥店裡賣的藥不一樣，藥店裡賣的都比起醫院的藥效弱一點，副作用小一點。我去耳喉科以前那段時間已經在藥店買了暈車藥和普通的頭痛藥，我有事要出去坐電車的時候吃一下有點用，頭暈會減輕一些。然後儘量坐地上的電車，每次到站開門時可以吸外面的空氣，但坐地鐵就很難受，開門也吸不到外面的空氣。我把耳喉科診所給的藥效強力的留給更嚴重的，或不得已在外面的室內待的時間長的時候備用，因為在家開著窗戶就可以不吃藥，沒有馬上吃，已經都在吃精神科給的三種藥，加上兩種抗生素，偶爾坐電車或需要待在不通風的地方時吃一吃藥店買的藥，從來沒有過同時吃這麼多種西藥，還是感覺儘量能少吃就少吃。

醫生給的扁桃炎的抗生素最後一次吃的有一天，有幾個朋友們要聚會，場地在一個生活在山上的朋友家，好久沒見了很難得，約的場地要坐快一個小時的電車，然後要開車去。其中一個朋友說到車站開車接我，心裡比較擔心，我就出門時帶好了耳科給的頭暈藥，但沒有事先吃，從做MRI以後已經過了三週多，也許會開始好起來了，還不一定暈。我那時坐電車有座也不坐下，感覺坐了就等於貼在電車的搖晃更暈，在門前站著想使勁吸從門縫裡漏出來的外面空氣。但那時候很想埋怨日本製造的電車密封性太高了，很想念中國製造的漏風多的門。電車坐到一半的時候還是開始暈了，我就途中換車的時候吃了一下耳科給的頭暈藥，就不到兩分鐘，很奇怪嘴哆嗦，嗯，這是怎麼回事，但先別急，等一等，一般過二十分鐘才出藥效。我就再坐上車。但很奇怪，越來越暈得更加嚴重了，啊，不行了，開始噁心起來了，得下車，還好那趟車每個站都停，我就下來坐在車站的長椅上坐著待一待，很緊張絕不要吐，但幸好因為是露天的站，過會兒起碼不噁心了，鬆了一口氣。因為約的時間是兩點，不是大家一見面就吃飯，我考慮我的中午飯提前到車站自己吃，所以提早一個小時出門了，這時候都已經沒有胃口了，多待一待吸一吸外面空氣，再坐上了電車。不過又坐一段，還是暈，到了約好的車站，跟朋友聯絡說不要來接我，我自己坐巴士去。我考慮巴士的話中間還可以下。結果一上巴士，空調開得特暖和，也沒占到靠窗戶的最後一排的座位，不行，怎麼辦……啊，對了，這時候不要在意錢的問題，我應該坐計程車，趁巴士還沒開走趕快下來。日本的計程車特貴，客人只有我一個，開一下窗戶司機冷點應該沒太大問題，坐上車幸好司機說沒問題他不怕冷，太好了，能一直開著窗戶總算順利到了目的地。後來朋友說她開窗戶也沒事啊，但我擔心她會冷，也擔心跟朋友開心聊天就忘記了頭暈萬一突然噁心。在朋友家給我開了一點窗戶，因為在山上空氣很好，幸好沒再頭暈開開心心地聚會結束了，鬆了一口氣。回去朋友開著窗戶開車送我回去，電車坐上每站地都停的，慢慢地回家去了。

但是第二天，我又感冒發燒，又要頭暈，脖子開始要腫起來，身體很難受，連續兩天開著窗戶蓋超厚的被子躺了一整天，啊，看來昨天還是太勉強挺住了，天氣又是偏偏特冷的一天。然後我開始納悶，這個耳科的頭暈藥怎麼是吃了更頭暈，吃了嘴還哆嗦。想起前陣子我媽有個朋友說東京的大學醫院裡最近會有「綜合診療科」，它是專為原因不明的奇怪症狀而新開設的科目，因為最近有很多複雜的怪病，啊！我這麼久也好不了，還是應該去看看這個「綜合診療科」，起碼還是要查查確定原因吧，才能知道該怎麼辦。然後我就去新宿的一所大學醫院，沒辦法地付很貴的掛號費，看了綜合診療科。他們事先讓我填寫一個表格，要具體寫我身體的基本資訊和什麼情況，我寫完交給護士，在等待的時候還聽見護士們在聊我的事，她們的語氣是從來沒聽過因為做 MRI 就成這樣。輪到我就跟醫生講講我的情況，他竟然說 MRI 是比起其他檢查方式對人體最沒有害處的。我說我做過好幾次 CT，那都沒事。我就問是不是我身上有很多重金屬才反應成這樣，他就有點笑著說做 MRI 時不可以帶金屬是因為它會影響片子的清晰度，帶了金屬就畫面看不清楚。欸！那為什麼？他想了想，估計原因只能是我正在吃的精神科給的三種藥的作用。啊啊啊。他說我應該再去找精神科的醫生把藥方子改一改。啊啊啊是這樣啊。我回家再仔細看看藥袋，上面有寫著「吃些別的藥物時要注意組合」啊！因為寫得很簡單，我忽略掉這條了。不過也想想開始頭暈的時候也沒吃別的藥。我在網上仔細查查，找到一個藥物百科的網站，我把精神科的三種藥輸入進去搜一搜，就很詳細的資訊都出來了，這三種藥的副作用都寫了很多種，都有頭暈頭痛，其中一種藥還寫著「過分敏感症狀」（是 hypersensitivity reaction 不是 allergy）啊啊，我想可能就是因為這個。可能我的心理作用，我的吃了藥的腦子對我擔心電磁波的心理過分敏感地反應了。

我一下子覺得哎喲，還是西藥用不好很可怕，不想再吃了，尤其是搞腦神經的藥物。還是之前我也沒有輕易找精神科是對的，還是最好要靠自己的行動去改變腦子的失調。我比較算是敏感體質，這回藥的副作用在我身上發揮出很大力量了。我就停掉所有藥物，得讓藥的成分徹底排出去。不過開始停藥之後也沒有立刻就消失，我的頭暈症狀減弱得非常緩慢，一直持續了兩週多後才徹底不頭暈，可以坐電車，可以待在開著空調的室內了。

因為我折騰了半天頭暈問題，原本計畫是一月初回北京的，早就錯過不得已延期了，那時候慢慢地增加武漢發生的新型冠狀病毒的報導，我一開始也沒有太在意，但到一月底，情況變得不妙了，有一個生活在大陸的台灣朋友也說現在可不要回北京，她看到一個消息我北京家附近出了感染者，她也剛好過年回台灣去了，準備先待在台灣不打算回去。當初因為我的頭暈根本不敢坐飛機，我到一月的最後一週才開始徹底脫離頭暈問題了。那時候看中國的情況，不能出門還好，可以在家老老實實畫畫，我更擔心回北京買不到足夠的食物，有人說北京都有可能封城什麼的，也擔心簽證問題，也怕有什麼措施的時候只管有中國身分證的人不管外國人，嗯嗯嗯……不過我在北京的房租已經付了半年的很浪費，而且剛剛漲了，啊啊啊太心疼了，更重要的是我之前做到中途的作品要趕快繼續做，我很猶豫是不是可以回北京啊，但周圍的朋友和我媽都說不要回北京，在日本還有些事情沒做完，這次跟我媽說好要幫忙她換新的床什麼的，那先關注著報導等情況好一些再回北京。

那時候，透過上回聚會時見的朋友介紹，得知有一個做神奇療法的醫生，叫鈴木先生，很多慢性病人透過他的治療好了，她說她已經介紹給了很多朋友，他們都變好了，說也許適合治我睡前肚子餓的問題，我說那太好了，約一下去看看。頭暈問題好得差不多時我約了他，他的診所離我家比較遠，還是要坐大概一個小時的電車，但那時候我覺得應該沒太大問題，就約了他。去的時候坐電車，那條路線我不熟，就不小心換錯了車，又往回坐，開始有點慌張，那時坐電車超過半個小時了，又開始有點暈，啊啊啊，嗯嗯嗯……還是沒有完全好……不過還好那時候沒有那麼嚴重，雖然不好意思地遲到了一點，但無事到達了他診所。是一個很普通的舊公寓裡面的一個房間，打開門進到裡面，滿屋充滿了神妙的氛圍，鈴木先生他長得也神妙，莫名地讓人感覺他的醫術會很靈。我講講我最近的狀況後就開始治療了。我躺在床上，他先對我照上一個LED光線，又拿出一些莫名其妙的器具，發出一些聲音，說我對電磁波確實有反應，LED 對我也不好，接著開始邊摸我身上各個部位邊說出各種沒聽過的專用詞彙和它的數值，除了他說句我的身體節律錯亂以外，別的幾乎聽不懂什麼，但能知道用他的方式在檢查我的身體，有點像是連接我們未知的龐大世界，關於我們的身體當代科學是還有很多東西無法知道的，嗯嗯嗯……。事先看了他的網站寫著，這個療法「Osteopathy」，最初是十九世紀在美國有一位博士創始的，他兩個兒子都由於髓膜炎而離世，從絕望悲傷當中研發出來的，網站裡寫著不少資訊關於這個療法，但太多專業詞彙幾乎看不懂。也許有些人不太相信這種，但我比較憑著自己的感覺，只要我遇到了這個緣分，我感覺好，就選擇相信。一系列他的各種摸法結束後他問我是不是身體舒服了一些，站起來感覺，嗯，確實身體感覺鬆軟了很多。然後又躺了一下，再來一個更神妙的，讓我說出我的名字。我就日語說「iida yuko」，他邊摸我脖子後面邊說：「哦，很好，鬆軟的。」我忽然想到，我平常不用這個日語名字，我對此沒反應可能也難怪，我問他可不可以用中文說試試，他說好啊，我就用中文說「fan tian you zi」，他摸著我的後脖子說：「唉呀，這不行，很硬啊。」太神奇了，我被「fan tian you zi」受到不安情緒了，哦，好好想想這個名字中文的聲音和我的生存問題關聯在一起了。接著我們聊到武漢肺炎的事，他又讓我說一遍武漢，我就說中文的「wuhan」，他說：「哦，這沒事。」啊，我想到，因為我平常在北京時沒有過什麼跟武漢任何關係，所以我再次用日語說「bukan」，他就摸著說：「唉呀，這不行，又硬了。」啊啊啊，因為關於這次武漢肺炎的消息每天都在看日語的報導，「bukan」這個日語的聲音我受到不安情緒了。真的呀，太神奇了吧。也許心底快要冒出有那麼一點懷疑，但我選擇了相信，人的某種東西會對正面或負面的詞彙有反應這類的事我也聽過，在量子學領域最近有這類的學說，他們也有一套學問，鈴木先生在這道上研究了三十餘年，我自己不懂就把這些事情都托給他。全結束回家的時候坐電車，來的時候還有點暈，回去時就一點暈勁都沒有了，之前不願意坐下來，也不願意戴口罩，因為感覺會增加暈，回去時坐下了沒什麼問題，因為還是最好要防疫，戴上口罩，也沒什麼問題，哇，還真有點效果！

停了藥之後我肚子餓的問題和頭暈的問題正好成反比例，我還暈的時候晚上睡前肚子也不怎麼餓，睡得也還不錯，但隨著慢慢頭暈好了，肚子餓的問題開始慢慢恢復了。心底開始冒出一絲絲的不安了，但在微妙時期還能堅持著臨睡前不吃東西，也能睡，但開始睡得不是那麼地好。在那個時候去做鈴木先生的治療，那天回來之後晚上睡前其實特別地餓了，但很神奇地，睡著之後睡得特別好。從來沒有過那麼激烈餓的時候能睡得那麼好，這回可是給我開闢了新天地了！之後心裡就開始安心了，不管睡前餓不餓，每天都能睡得好，沒有依賴藥物，沒有任何副作用。太感謝鈴木先生和給我介紹他的朋友了！

身體方面好起來之後，我們東京的家裡雖然空間很小，我想無論如何也要開始創作，正好最近在想著跟之前的作品不同的材料來畫畫，可以嘗試做些小畫。我們家是門面很窄的獨棟四層樓，一樓租給一個開越南餐廳的人，二樓是我媽媽開的珠寶首飾店，三樓是廚房和客廳，四樓是陽臺和我媽媽睡覺的小一點的房間。我回來的話睡在三樓，吃飯、看電視在三樓，三樓根本沒空間，只有四樓的小地方還算能集中做我的事，白天我媽也不會待在這兒，光線也不錯。但準備要用的材料上來……不知道怎麼開始。我媽的衣服占掉了一半空間，剩下的空間還擺著床。她很愛打扮，她真是個設計師的天分，穿衣服方面我根本比不上她，她到了那麼大年紀，衣服還穿得特牛逼，特佩服。但平時打扮很牛人的背後就是——衣服特多。而且說實在的，她真的不會整理，這方面我比她強，她認為的整理，除了衣架上掛的以外，也就是堆幾個山，都要快塌下來了。用別的描述說，「Tetris」的遊戲快要「Game Over」的狀態，景觀實在不好受，靜不下來心。我之前已經有經驗知道，跟她提醒沒什麼用，只能我幫她整理，想像把這個房間整理成有人性的樣子該多好啊。就開始一點一點地拆開她堆起來的「山」，剛開始以為把一些明顯沒弄好的弄一弄就可以了，但越拆越從深處出現更多沒穿的一堆衣服，或一堆沒用的雜東西。這種事一旦干涉了就要沒完沒了地要干涉了，從此又不得已開始了我媽房間的斷捨離工作，想想反正過些天後新買的大床要被搬進來，抓緊要騰出地方來，這事讓我媽一個人弄根本做不來。

第二天開始我就叫我媽分類要的衣服和不要的衣服，我也配合一起，邊整理邊分。真是不可思議地越分越從深處出現更多，很快地沒地方再擺了，還出現了一大堆一輩子都穿不完的襪子，怎麼可以塞這麼多，自己都忘記了還買。我跟我媽都受姥姥的影響都愛囤積，什麼東西都不忍心丟掉，我跟我媽的區別只是我很會 Tetris，她不會 Tetris。我們兩個看到這麼多的衣服和東西占掉這麼小的空間，實在感到丟掉的重要性，就決心勇敢地丟。但我一直看著我媽這些衣服，有不少不錯的，設計很牛的，可愛的，布料好的，都好可惜，我就想把她不要的衣服拿到收二手衣服的店去，不管拿到多少錢，有人收的話，等於有人願意穿，那樣比較環保。幸好我家附近就有一家，這家店是喜歡收名牌的，然後澀谷那邊有一家主要做年輕人喜歡的衣服。我就憑我的感覺分成兩種，我媽不怎麼喜歡名牌的，但也有一些，和品質比較好的一起拿到我家附近的，結果分幾次總共拿到了六千多日元，特高興。我要把分成年輕人會喜歡的拿到澀谷，但要想想兩個大箱子怎麼拿過去，我們沒有車，也不會開車，坐計程車沒意義，我想出好辦法，用折疊的推車走路去，從我家到澀谷走路三十分鐘，來回一個小時，可以運動運動了。結果我沒猜對最近年輕人喜歡的口味，所以沒有達到我期待的價格，只拿到了三千多日元。不過也很滿足，合起來一共達到一萬日元，我準備留下來找個機會跟我媽去吃好吃的。

後來房間整理一半時，我又出事故，搬很重的箱子的時候不小心把我好幾年前扭傷的腳給又弄傷了。啊啊啊。真是要命，這隻腳這兩年已經反覆地弄傷，好不容易最近才成功地幾乎完全恢復了，哎喲。我忘了戴保護帶，回來後稀裡糊塗地也忘記了多做運動，後悔得想嚼岩石，這次還弄得不輕，又要特小心走路，也不能做運動了。把腳弄傷的前幾天，因為上回去鈴木先生那裡過了兩週，肚子餓的問題感覺又慢慢地往回到原來的狀態，睡得開始不那麼好，我想，啊，鈴木先生的療效也快要退化了，我就打電話再約一次，但這次最快的是只有晚上七點的，沒辦法，我還是想趕快去不要讓餓肚子再嚴重，就約了這個時間。但這時候在日本正在開始暴增武漢肺炎的感染者，後來過兩天報導上說擁擠的電車會很危險，提醒最好不要坐擁擠的電車。我想，晚上七點要到鈴木先生那裡，要往郊區方向，正好要趕上大家下班的高峰時段，嗯嗯嗯，怎麼辦……。後來餓的問題又感覺沒有變嚴重，腳也弄傷了，鈴木先生那裡還是取消吧。然後就打電話給他說，腳弄傷了，不方便去遠處，不好意思地想取消。他就說扭傷的腳當場就可以好啊。啊是麼？嗯嗯嗯，該整理的還剩下一半，如果腳能好那真好啊。擁擠的電車就多保護就行了吧。我就跟他說，那好吧，不取消了。後來要去鈴木先生那裡的時候，我想到別坐剛好七點到那兒的就行了吧，坐上早一點的電車，在那邊找個地方看書什麼的等到七點找他會更好吧，同時琢磨著，嗯嗯嗯，晚飯怎麼辦，我一直都晚飯不能太早吃，早吃了睡前餓得要命，因為治療完了回來就會九點了，回家吃飯會很餓，但他那裡附近沒有餐廳，我就想好把中午飯晚點吃，晚飯回家後九點吃。結果我弄飯吃飯又出門晚了，比原本計畫的時間晚了很多，結果坐上的電車剛好七點到那裡的，啊啊啊，一定要慢慢地小心走路的時候，我大笨蛋地弄得時間很緊張，雖然很注意，但也不能走很慢，費了勁地走到車站，換車，都用腳用過分了，然後又坐上了超擁擠的車，哎喲，擠得要命，但幸好大家都戴上了口罩，也沒有人咳嗽，而且我坐上的是女性專用車廂，哦，很好，我感覺武漢肺炎的感染者好像男性比較多一些。但坐了擁擠的車，不知不覺電車搖晃的時候腳用力踩地，哎呀，糟糕，但我只能期待鈴木先生把這個都給我治好。過會兒車快要到我該下的車站的時候聽見車內廣播，在講：「……很抱歉這趟車沒能準時到達……。」欸！怎麼辦！一看錶，七點都快過了，還想起更糟糕的，我忘了錢包裡補充錢，治療費不夠付！這時候哎呀，日本這方面落後了，不像中國現在哪裡都可以手機付，我還得著急地找ATM，那樣的診所刷卡應該也不行，慌慌張張地找到ATM取錢後，又好不容易到了診所，遲到了十五分鐘，所以可能是約在我後面的阿姨早到了，她已經開始做上了，我就等一等，然後給我治療。結束後鈴木先生說：「怎麼樣，好了吧？」我想感覺確實好了。治療時我把腳的保護帶摘掉了，好像可以不用再戴上，也想感受一下好了多少，就不戴著走了，到車站走路時覺得，嗯，還行。然後坐電車，因為電車還有另外的路線，不換車的話有一個車站下車走路十五分鐘也可以到我家，我感覺可以走一走，就用那個路線，不換車走路十五分鐘回到家。

但到了第二天的晚上，忽然間腳開始疼起來了。啊啊啊，糟糕了，怎麼回事。

可能昨天還是腳用得太過分了……。啊啊啊，鈴木先生的治療有時候也不靈……雖然他神妙，但他也是個人，人都不可能完美……可能是他確實給我治的有一定的療效，但我因為他治的效果而回來時走路十五分鐘走過分了，去前也用得更過分了，啊啊啊，好好想想這樣的情況一般能開車去的人有用，像我這樣得坐電車的人還是最好不應該去啊，啊啊啊，後悔沒用，已經這樣了，從那天起這隻腳徹底不行了，沒去鈴木先生那裡以前恢復得還算可以，去了以後真糟糕，傷得更嚴重了，從那天過了十天，中間稍微不小心又傷一點點，現在走路更不行了，家裡廁所在二樓和四樓，我睡在三樓，吃飯在三樓，我工作在四樓，每次上下樓梯我用屁股一個一個地坐著來，在平地坐上帶軲轆的椅子移動，我盡可能地不用腳，在經歷著半個輪椅生活，本來做事很慢，現在更慢了，嗯嗯嗯嗯……。

這段時間又接到這份寫這文章的工作，剛好對養腳給了最適合的事幹，又過了兩週。這次在日本除了上述的那些以外還有了幾件在這裡寫不完的事情，同時外面疫情越來越嚴重，現在中國政府開始限制從日本韓國來的人員了，一直想回北京也越待越回不去，現在還得再養一段時間的腳，才能出門正常走路，真糟糕。我什麼時候能回去呢。如果這是老天的懲罰，我甘心接受，非常抱歉。給了我好機會的時候不好好珍惜它，錯過了我活該……。不過換個角度想想，或許不是懲罰，也許老天又保佑我了，最近這段時間，肚子餓的問題開始穩定地能控制住了，一直成功堅持了睡前不吃，有時候也睡得不夠好，但比起我回來之前北京的生活，整體來說還是能睡得好了很多，飯量減少了很多，想想這是對我來說最重要的大好事，有可能因為回來後的這兩個半月的這麼長時間，基本每頓都跟我媽一起吃，做飯也一半一半，有時我做有時我媽做，兩個人吃飯可以吃很多種類，做法材料也不同，可以吃到更多不同口味，滿足感強得多。

我已經很久時間習慣一個人吃，所以我對食物的集中能力過分發達了，可以讓五感（鼻子，舌頭，眼睛等）的功能發揮到最高程度來感受吃飯，我的座右銘是「每頓飯都要吃得香」。這樣一個人吃也不無聊，不寂寞。最近不管在哪裡，我常看到在外面一個人吃飯的人幾乎全都在邊看手機邊吃。我個人對此現象很想抗議，如果邊看手機邊吃，吃什麼都感覺不到好吃，感覺不到對土地的感恩，感覺不到文化的深厚，只是為了飽，給他們貓糧算了。但更重要的可能本來是有人陪著一起吃，開心地邊聊邊吃，共同分享食物的好吃。也許聊天太投入了，也會感覺不到好吃，但肯定比看手機好，手機對人的腦子吸引力感覺像西藥一樣有刺激。跟人聊天吃飯相當於自然療法，是很溫和的療癒，本來人的基因上那樣刻印了，需要跟人一起開心吃飯。雖然我腦子覺得沒事，但身體可能不覺得，我的身體有可能更滿足於有人陪著一起吃飯，嘴不光是為了吃，嘴還想更多時間聊聊天。趁這次老天給我的能跟家人在一起這麼久的時間，讓我腦子更鞏固地刻印住「晚上睡前餓了也能睡」、「不需要怕餓」、「不需要吃那麼多」，希望能夠帶到回北京再次一個人生活，那時候就不會再像以前那樣。

我本來比大家慢得要命，這回又要翻幾倍慢了，心裡特著急。但沒辦法，我已經都慢到無法想像的地步，這也許是老天在說你這種人著什麼急啊，讓我再次想想。我本來很喜歡什麼事都順其自然，但最近開始擔心了，真的可以就那麼順其自然嗎？現在大家都在很努力，我的付出差得還遠遠不夠，我得到的和我付出的分量不均衡。

我覺得人的可貴意義還是在「努力」，人會有很多問題，但努力的人很美，不管結果怎麼樣，對於努力的人老天一定會給他禮物，只是禮物的內容各自不同。我有毛病其實從小我很想成為努力的人。日本人特愛說「加油」，我也受影響了。我記得每年給朋友們寫賀年卡的時候最後都會寫「加油」，大家也常說，但我好像更愛說。自己愛說，但我是最不努力的人，很有毛病。我不知道努力是該怎麼做的，稍微努力一點就會累了，我比較屬於因為太想完美而懶惰的人，所以無意識地一直想著「我以後成為努力的人」，我可能一直活在以後的理想的我，而忽略了現在的我，傻乎乎地一直不知道。我借用「順其自然」這一詞，表面以為順其自然，掩蓋了自己這點了吧。或者我沒有真正理解「順其自然」，想要完美，最近學到那是一個很大的陷阱，追求完美過分的時候把自己都給毀了，這才是反了「順其自然」的道理。

有個朋友告訴我「一切事情都是最好的安排。」到底真的是不是那樣我還是想不清楚，也許是勉強，我想選擇相信這樣的想法，所有的事情都不是偶然發生的，不管發生好事壞事都有它的存在意義，這樣想我心裡能踏實一點。如果認為世上發生的事情都是偶然，就會很可怕，我會心慌，那樣想的話人們就會開始想要掌控所有事情，但我們知道那是不可能的事。這個世界好事和壞事都會貼在一起，是一個套餐，吃了好事也要吃壞事，就像過去中國國航的機內餐食一樣，我想吃的是豬肉飯，但經常偏偏只有豬肉麵和海鮮飯的選擇，我不喜歡煮完放久了坨掉的麵，也不喜歡飛機裡的海鮮感覺很虛，吃不飽。那也只能選其中一個，一旦選擇了我就要把坨掉的麵或者虛的海鮮好好地吃，而不要剩下。

如果真正要順其自然的話，不是只看好事，能把壞事也跟好事一樣看待，可以讓心裡別著急，壞事背後也會有好事貼在一起的。

今天開始下雪了

今天開始下雪了，下很大的雪。今年本是個暖冬的。

「雪落在中國的土地上」，不到一天的工夫，雪就會覆蓋我所見一切。我已經看到我的後院起伏著各種樣子的白色輪廓，雪掩蓋了一切。所有東西安靜睡在雪下，但我知道，哪裡會是塊石頭，哪裡會是倒伏的樹枝，哪裡是一卷電線，哪裡是凍僵了的鳥和刺蝟的屍體。所有一切在地面上被雪覆蓋所形成的起伏，就像是陸地上的白色微浪。

而我在屋裡看著這一切，看著天空紛揚不止、無邊無際的雪，我像一個待在船艙裡的旅客，發呆而淡然。我想這畢竟不同於北國，這裡是長江以南，而武漢倒是每年都會迎來一場或大或小的雪的。

昨天夜裡狂風大作，外面的大樹像被關久了的人們一樣在風裡亂舞，樹冠上彷佛長出了長長的黑髮，在黑夜裡天空中伸出無數的手在四處抓。之後雷電交加，好一個疾風驟雨的冬夜！我昏沉沉睡去後，不知什麼時候外面變成了一個沉寂的天地，只有雪在無邊和無聲地下。這場雪對於目前的疫情並不是好事情，雪兀自落下並堆積，沒有小孩出來玩雪了。現在外邊是徹底沒有什麼人出來活動了，似乎全世界都在這場大雪下開始了冬眠。

時間在走，全城的人們在屋裡等待，已等了近一個月了，也許還會再等一個月。未來的事情無人知曉。只曉得目前為止事情還沒有變好，這天氣沒有轉暖，反而更冷了。現在是多麼需要好消息的時候啊，每天看手機上的網路推送，仍然全是令人擔憂的消息，連蝗災都在向東方逼近。日本也感染人數大幅上升，昨夜的雷鳴電閃狂風大作，竟導致新建的幾個醫院和隔離艙受損……也許這樣下去，人們能夠做的也只有更加耐心去等待了。

能夠有什麼辦法呢？在紛揚的大雪中等待。黃昏灰濛濛的天空裡，此時無風，雪在垂直掉落。我看到幾隻斑鳩聳肩躲在空調機下面。

無數待在家裡的人，在用微信群裡的小程式購買生活物品，在移動支付的使用方面，中國群眾的這個習慣到現在算是幫了大忙。每一個人都在玩手機，每一個人都在用各自的方式打發著時間。市政府不斷在發通告加強封閉的力度，我剛收到政府群發的短信說：所有社區（村）居民社區（居民點）一律實行全封閉管理。除就醫以及防疫情、保運行等崗位人員外，其他居民一律不得進出社區。居民社區原通行證一律廢止……這又是有新變化的一天。

天漸漸黑下去，意味著這些等待中的一天又快結束，然後開始新一天的等待。這樣的情況下，就算是疫情結束，其影響也將會是全方位的和持久的，只有互聯網路的世界在如往常一樣的暢通無阻。

雪在北國冬天是尋常物，在每一年武漢下雪的時候，總是會讓全城的孩子們驚喜。而此時窗外飄雪花，倒更像是道別人間的靈魂從天空降了下來，經過窗前，作最後一次探望，然後掉落堆積在枯草的上面、人行道的上面、屋頂煙囪上面、和奔流不止的長江江面上。因為武漢是疫情發生之地，有無數病患者在病情加重時即進入隔離室，沒有人有機會在離開這個世界之時真正好好面對親人去告別……迎面而來的飛雪在此時的武漢，真像是無數靈魂從地上升至天空，再撲回向大地，然後潛沒於江漢平原泥土之中。

不止武漢，大半個中國人們都窩在家裡面等待，而冬雪一刻不停地落在中國的土地上。雪撲向蕭瑟世間萬物，最終「白茫茫一片真乾淨」。

這所有覆蓋著雪的土地下面的動靜，這所有被土地所覆蓋的故事。一層蓋著一層，像冬天的厚棉被一樣。我望向門口的湖水，如鏡面般平滑，總有大魚潛游其下，偶爾劃出一道水痕。萬物在地球重力的秩序下形成了一道又一道歷史地層，我平時所見風景，無論山山水水，其實都是一頁頁疊加的書。這個世界就是這樣無邊而寬廣的大書，每個人的生活也就是書頁中的一個文字，存在過，和有意義過，一個人多多少少留下一些在人世間的痕跡，最終變成時間吹走的沙，就如同北方平原上被抹掉的無數皇帝陵墓一樣。

說到中國中原大地裡那些四下星散的古跡，讓我回憶起了從前去北方看到那高高的天空，天空下面走著自由自在的人們，陽光燦爛，笛聲悠悠。現在每天我只能關門閉戶畫畫，往往在起了一個形後便讓自己的習慣與偶然去引領我，走去未知又必然的那個畫面的終點，這是我追尋的自由和宿命的限制。不再像往常那樣思慮過多，是的，所想的便是什麼都不想，這是我在分分秒秒時間勞動堆積成的答案。藝術是否獨特已經不再重要，甚至藝術本身都不重要了，人本身的存在就是那個內核，就像地心引力一樣，所有的機緣會往內核上去靠近，自然而然地形成個人的藝術面貌。而對於將來而言，這段時間形成的繪畫作品就是我個人生命中的特殊地層。

現在快入夜了，鉛灰色高天下面是這城市龐大數目蜷縮的人群。黑夜裡雪暗白而亮晶晶的隨風而舞，「飛雪迎春到」，等到春天到來後，山河便不再染病，興許我就可以再往西往北去四處訪古，再次見到往中國北方去的路上那高高的天空了。

李繼開 /《在有雲的天空下》

五千年塵土/尘土裏飛揚的物事哪些有病哪些有毒你戴上口罩去看。

二月無題

生死有命
貧富在天
人生不外雨晴遷

二月立春好友離去無心寫作

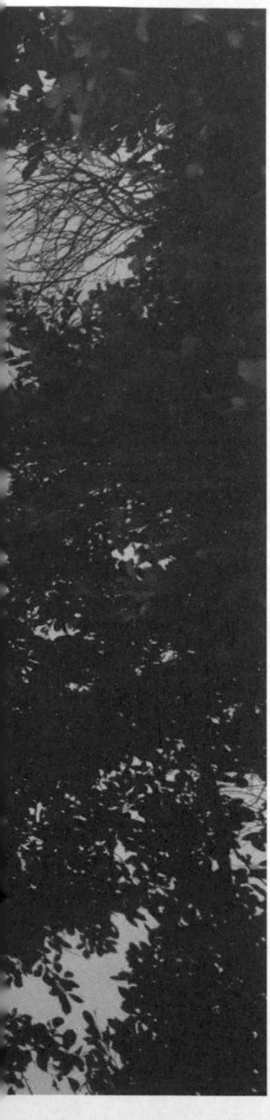

台北 / 黃偉倫 Frank Huang

過年以來面對新冠肺炎的這段時間，與眾人一同感到迷惘無助，也重新體認到世界建構的脆弱。三十歲那年，決定接觸完全不同的工作，展覽、活動策劃、非營利團體營運等。頭幾年不分晝夜的輾轉、自我懷疑、入不敷出，迷航的時刻總會來到野柳，看著地球時間雕塑出來的地景充電，然後把握時間跟自己、跟自己周圍的人相處。世界給我們停頓的片刻，我們也把握時間重新定義自己的世界吧。

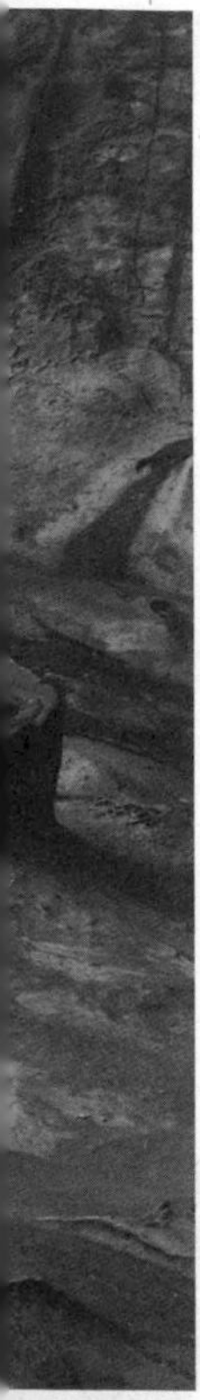

飛び切りうまい

看日劇、日綜的人，一定都聽過「うまい」唸成U-MA-I。就是「好吃」的意思。

日劇《天皇的御廚》主角秋山篤藏，從小就是個朝三暮四，看到什麼有趣的事情，就一頭栽進去，然後三分鐘熱度過了，就不管任何後果的逃離，不斷地給家人製造麻煩，也成了鄰里之間的「蠢藏」。

父親對他束手無策，決定把他「嫁出去」，眼不見為淨，送給一個沒有生兒子的生意人家當贅婿。

秋山剛開始還能老老實實的在妻家的商店工作，每天幫忙分類店裡進貨的昆布，然後拉著推車到處送貨。

有一天他送貨到一軍營的伙房，聞到伙房裡傳來濃郁的香味，伙房裡的廚師看這傻小子傻不楞登的，一臉沒吃過西洋料理的俗樣，就現場做了炸牛排請他吃。

這一吃，秋山「蠢藏」，突然開竅了！

活到十七八歲，從來沒吃過這麼美味的東西，原來叫西洋料理！

之後，秋山每天去伙房鬼混，吃廚師做的各種料理，同時開始請廚師教他一些最基本的伙房工作。

雖然每天還是送貨，但他根本不是像他跟店裡說的去拜訪客戶拉生意，而是一頭栽進西洋料理的世界。

他決心要成為西洋料理廚師。

BUT，等等，秋山已經成了妻家的贅婿，將來是要繼承岳父的家業的，怎麼可能跑去當廚師？

被岳父發現他沒去拉生意，都跑去軍營伙房鬼混，狠狠的削了他一頓！

「我早就打聽到你從小就是個沒定性，做一樣、嫌一樣，一天到晚製造麻煩的小子，村里之間都叫你蠢藏。要不是因為你家都生男孩，我們家需要男丁，才不會讓你進我們家咧！做廚師，能有什麼出息？那只能當興趣吧！你早點給我醒醒吧！」

衝動又暴躁的秋山，被岳父羞辱之後，暴怒之下，離家出走了。

雖然還是被老婆找回來，但他心裡對西洋料理的嚮往，並沒有被澆熄。

當晚，他又落跑了。

一個人跳上夜車，前往東京，追尋他的西洋料理廚師夢。

到了東京卻又因為想學廚藝太躁進，背著工作的餐廳，又去另一家餐廳打工，最後被工作的餐廳開除，只能棲身小餐廳。

然後又被病重的大哥鼓勵，重新找到進到一流餐廳當學徒的機會，一波三折，經過三年，終於有了前往巴黎學藝的機會。

臨行前，當初最器重他，卻也因為他去外面餐廳偷學藝欺騙同事而趕他出門的師父，在嚐過他踏踏實實學藝了三年所做出的咖哩之後，這麼評價他的咖哩：「這是普通的咖哩，卻是『飛び切りうまい』。」

飛び切り。唸成 TOBIKIRI。

中文就是突飛猛進的意思，在這句話中，就是「非常」的意義。

一個想飛的人，拼盡全力的奔跑著，不斷跌倒，因為急著想飛躍，而不腳踏實地的踩下每一步、摔倒，再一次次爬起，即使選錯跑道，依然不忘看著心中嚮往的天空，拔腿再用力的跑著。

最終，當雙腳離開地面而騰空，那種「飛」起、和地面「切」分離開的感覺，或者真的只有真正用盡全力奔跑過的人，才能體會終於要起飛的感動。

「飛び切り」

或許正意味著，想要起飛，就得和過去不成熟、不上進的自己切割開來吧。

「飛び切り」

「飛び切り」

もう一度！

口罩的輪廓

會特別注意「口罩」，是從二〇一九年下半年開始。東西只要看久了，就會變成活靈活現的符號，口罩當然不例外，即使是一些看起來不相關的事，也會籠統地被「罩」起來。說是籠統，卻又不是全無頭緒，觀察口罩的取用時，很容易看出戴口罩的人是希望保持距離，或是有點有口難言，但幽微難以名之的情境更多。一直到二〇二〇的農曆年後，疫病的威脅變成一隻世紀的黑天鵝，口罩更像是可以解碼的謎因。

上學期在學校開了一門新課〈物質文化分析〉，雖然是新課，但醞釀了很久。這門課專挑日常生活中的物件，探索社會脈絡。二〇〇三年SARS疫情結束後，口罩順理成章地留置在生活中成為日常用品，雖然不見得普遍，但提供了各取所需的理由。大三的L剛好以口罩為專題。她說自己平常總是戴著口罩，但多不是公衛的原因。探訪同樣常戴著口罩的學生後，她分享的心得是：這世界看似開闊，實則時而緊縮，口罩可以大幅減少不必要的對話，有人際和社交障礙，或輕或重的憂鬱時，口罩是安全感的內牆，隱蔽而且不動聲色。還有，偶像躲避狗仔所戴的口罩，能引導穿搭的美感。這是L分享的一種口罩的輪廓。

另一種輪廓出現在是去年入夏後的香港。特別是當時在街頭戴口罩的人群，濕熱的抗議遊行列裡，口罩不語，群聚而不疏離，透過隔離而團結。這樣的印象，其實與口罩原本的醫療功能或L提到的心理歷程，完全搭不上邊，好像口罩裡內建了另一種病識感，要把什麼東西掙回來的樣子，氣熱磅礴。溽暑之後，民運和學運陣營裡的口罩加碼變成防毒面具，這個物件看起有自己的生息。

十月初，港府以《緊急法》公告執行《禁蒙面法》。香港教育局公文函知各學校單位，學生在校內外戴口罩，拒絕接受盤檢，即是「犯罪行為」。十一月警民衝突達到高峰，在縱火和占領校園的對抗中，口罩和面具已完全溶入運動的語意中。一直到高等法院在十一月十八日判決《禁蒙面法》違反了香港《基本法》，接著區議會選舉建制派大敗，香港局勢到十二月才稍微沉靜。在這段期間內，報章雜誌封面，電子媒體報導，口罩比臉部的表情更能解析當時的香港，成為抗爭運動的符號。

但世事難料。二〇二〇年初，全球新聞的焦點漸轉出之際，港府在一月中旬再度向法院提出《禁蒙面法》上訴，接著一月下旬無預警的疫情來襲，整個香港再度落入口罩之中。口罩一直源於對未來的不安全感，難料的是從一個漩渦立刻又轉進到另一個漩渦。各級學校因為大規模的衝突提早在十一月停課，工商接近停擺。一二月之交由香港來台的民眾抱怨，兩盒口罩的現貨價格已比港台來回機票還貴。年假後罷工和復工都在慢慢進行，各級學校的開學日期至今仍遙遙無期，警民衝突的星火再起，口罩在香港留下了比任何地區更深的印記。

世紀疫情還沒在歐美大規模擴散，但短短一個多月，也凸顯出各地口罩文化的巨大差異。一月底，有亞裔人士在歐洲地鐵戴口罩被趕下車。「如果不是做壞事，為什麼要戴口罩？」當地文化是這樣想的：口罩屬於醫療專業，不應出現在公共場所；另一個潛規則是：戴口罩傳遞恐慌，即使生病，或即使是學生在校，也不贊成戴上口罩。這樣的物件邏輯，看似與東亞文化格格不入，但是疫病的種類和醫囑，也不盡相同。在某些異文化裡，口罩出奇的隱諱，還帶著惡意。原來製程相同的物件，到不同的地方會性格迥異。

除了性格，身價的變化更大。口罩的社會脈絡，雖然生產和配銷管道因地而異，但逐漸從民生用品轉變成準戰略物資，在東亞目前已至為明顯。由於搶購和掃貨，「口罩經濟」在亞洲各地陸續出現「市場失靈」和「政府失靈」的情形。價格崩壞一直存在，出售單位從一盒變成一片，缺貨才是日常。國內在短時間內把口罩視為準戰略物資，徵調生產機具和規劃原料都朝向自製而不靠進口，三週內建立了六十條生產線，四月底內需的供應量可以穩定。到這裡，幾乎可以看到口罩的內在和外在條件，都可以重新塑造。

物件的政治經濟學，充分反應在口罩的戰略地位上。口罩反映了疫情的嚴峻，但也反映供需失調的原因，未必出於疫病。市場失靈後，口罩販售退出便利超商系統，以實名制節制屯貨和壟斷（澳門大概是最早執行口罩實名制的政府，在一月二十二日疫情揭露時即採行以身分證配發的政策）。另一個更嚴峻的硬仗是焦慮和恐懼。感染科的醫生說，傳播最快的並不是毒病，而是恐懼。數字和資訊管理能抒緩焦慮，比充足的口罩有用。疫情愈少，口罩和物資的需求才會降下來。從戰略地位來看，充足的口罩和相關資訊，目的在於解除恐懼和焦慮，在於建立信任和透明的過程。

由於口罩在社會變遷或疫病威脅時都變成切身的問題，口罩的輪廓也必然會慢慢延伸向人權和工作權。譬如制度上要求空勤人員，速食店店員，百貨從業人員工作時配戴口罩，慢慢浮出成為可以討論，而非制式規定的問題。在更大的還在於口罩是不是，或能不能，成為表達意見的工具？訂有《反蒙面法》或相關規定的國家應屬普遍，台灣的《集會遊行法》也有類似的規定。香港的違憲判例，認為反蒙面規定，是從《緊急法》下發展出來，但超過了合理的需求，也超過了《香港人權與民主法案》，妨礙人民言論與意見主張的自由，行政權凌駕了司法權。然而更幽微的是口罩不利於刷臉監控的技術。在威權體制下，當權者握有數據資本，臉部辨識系統成為數據監控工具，在口罩的邊緣，常常看見恐懼。但口罩更隱含著使用者解除束縛的想望。

我的 2020,0202

依舊像往常的春節假期，我哪裡也不去，靜靜地享受台北這個空城帶來的寧靜氣味，聯合報大樓改建後，巷口多出了一片森林，刑事警察局的櫻花盛開，伴隨松菸淤積的池塘，倒影著春天的模樣。

過年前家裡沒來得及打掃的書架，慌亂一年沒好好整理的工作計畫，以及總是達不成的減重目標及理財規劃，還有二〇二〇一開始就落後的目標，都可以在這第二個新年，再做一次重新開機！

時間就這樣邋啊邋的來到二〇二〇，到今年，我已經工作近三十年了。當兵的時候，在極度貧乏的營區中，休假最大的樂趣就是逛超市，除了感受豐盛的物慾，還避免跟時代脫節。幸運的是我還沒退伍，就已通過面試到便利商店上班，想著畫一張海報全國六百家店就可以貼出來的成就感，就會興奮得睡不著。但對於一份這樣熱愛的工作，怎麼也沒想說有離開的一天；在太陽花革命的前夕，我來到另一家連鎖超市，轉眼也過了六年，也沒想過在台灣這個小島，一家超市可以開超過一千家。

能夠在兩個大型的連鎖店做行銷，真的是運氣，完全不是規劃來的，跟著團隊的腳步前進，站在巨人的肩膀上去影響這個世界，是很過癮的事。但總覺得自己是個被動的人，畢竟自己的計畫老是達不成，但總隨著公司的目標成長。

四年前，我在日本買了一種可以寫五年的日記本。這種日記本詭異的設計是它可以讓你在每一天，看看前幾年前的這個時間點發生了什麼事，在你紀錄當天的心情時，也回顧了自己「歷史上的今天」。另一個設計則是每月的計畫表，也會在同一頁回顧到前幾年的月計畫，只見我斬釘截鐵地宣示要減重多少公斤，聽幾集的空中英語教室，存多少退休基金，看多少部電影……然後看到我意志不堅的用擦擦筆改來改去我達不成的目標數字。然而我工作上的計畫，只要不掉隊，就可以走過長長的路，爬過一座一座的高山，像是機靈的被動元件，跟著大機器轉動前進。

剛工作的時候，看了一本高橋憲行寫的《人生企劃書》，大意是把人生資產分為知識、人脈、資金等三大要素。年輕的時候最重要的是要累積學識，入社會之後主要是要培養志同道合以及可能成為貴人的人脈，然後透過時間複利做好理財規劃，在人生的後半段才能有豐腴的資金來安度晚年。

人生越過了山峰，回頭看看年輕時書不是唸得頂好，但也算找到自己喜歡的工作，交了一些好朋友，在財務規劃上，應該可以規避長壽風險，也就是持盈保泰的話，不會活太久而錢不夠花。但真要說是什麼計畫而來的，倒不如說是跟對好朋友好長官一起成長。

最近則是看了一本叫做《100歲的人生戰略》的書，大意是說現在人的壽命平均每四年會增加一歲，所以現在出生的小孩，在他活到八十歲時，人類的平均壽命已經來到一百歲了。所以人的學習時間變長了，也更可能過兩個人生。這讓我想起張忠謀五十五歲才創立台積電，加上之前在德州儀器也幹過副總裁，真的是兩段輝煌的人生。匱乏如我，不管是志向或是興趣，有可能退休後有另一個人生嗎？

看過《寄生上流》的人應該都熟背了這句台詞：「如果沒有計畫，就沒有失敗；人生永遠無法照計畫進行，這樣發生了什麼才會都無所謂……。」

我不知道我是否寄生了命運的洪流？還是對自己的計畫認命？每年過年都要去龍山寺算算今年的流年，總覺得自己對自己計畫的徒勞，但回頭望望還算有個知足的人生。於是我慢慢習慣被時間推著往前走，在哪個人生的月台換車，就會被帶到哪個未知的驛站。

人生到底是按著「計畫」實現的？還是「變化」實現了精彩的人生？到底是意志力克服了命運？還是命運帶著大家走向未知？

政治明星的暴起暴落，或是奮戰到底的時來運轉；政治冷感的經濟動物，拿起了雨傘掀起了南方革命；在充滿監視器作人臉辨識的國度，卻辨識不了病毒的行蹤；一帶一路的大國崛起，如今果然給中國製造戴上了新的桂冠。

歷史總是荒謬的進行，以前叫香港人不准戴口罩，現在全中國都戴上了口罩；以前的人戴著口罩去搶錢，現在人帶著錢去搶口罩。

武漢起疫，也許革命會再一次從這裡起義吧？

網路上流傳著一個說法：2020年2月2日20點20分20秒是千年一遇的時機，對心愛的人說愛你，可以完成千年的許諾，因為20200202202020，正是滿滿的：愛你愛你，你愛你愛，愛你愛你。

所有的傳說與信仰，往往只是諧音在唱和。

歷史會不會有奇蹟？計畫會不會有變化？

我們是因為病毒而隔離？還是被說不清的家事國事而隔離？

這寂靜的春天，寂靜的城市。

我靜靜地期待未知的未來的到來！

20200202，愛在瘟疫蔓延時，我是否依然愛你愛你，你是否也依然回答說你愛你愛。

給十歲的喜兒

二〇二〇年二月　給十歲的喜兒一封情書

寫下的每個字裡都嵌上了我滿滿的愛與衷心的感謝

喜兒怎麼轉眼就十歲了呢？十歲，似乎註記著另一個階段的開始，我有種淡淡的憂心。我不是才剛剛終於勉為其難地答應了先生數年的商量才半推半就地帶了喜兒回家嗎？那天，我與先生約法三章那隻叫「喜兒」的不能上床，最好不要進睡房，最好也不要……這個與那個……這些與那些……但是一切都迅速變了調，喜兒以迅雷不及掩耳的速度收服了我，讓我明白了狗狗的美好，一切的一切都是從喜兒開始的……雖然這些年親手救援來登記在我名下的狗狗已有七十七隻（依二月十三日台北市動保處寄來的「名下寵物清冊」資料），是個「資產」豐富的大戶，但是喜兒是我生命中的第一個毛孩子。不是寵物，是毛孩子。

給十歲的喜兒這封情書，我這樣寫著：

喜兒，祝你十歲生日快樂！

連續三天的慶生，希望你玩好吃滿，在你那被我摸到快要禿頭的腦袋瓜裡留下一大區的快樂記憶，記憶裡有著也很快樂的我。前一天，我們去飛牛牧場，讓你這牧羊犬終於見見羊群是啥；我們興沖沖地期待著你的 nature calling，展現一下輕易馴服羊群的神勇，而你的反應是……看著羊群傻笑、看我們、看羊傻笑、看我們……繼續傻笑……趕快走開……徒留那擠在一起癡癡等待著而滿眼失望的羊群；生日當天，從早餐、早午餐、慶生蛋糕、馬麻手做鮮食晚餐、水果、羊肉及雞肉黑芝麻餅乾等等，一整天不停歇大餐以及那全家人（包含你自己）合唱的生日快樂歌，喔，對了，還有那頂你從一歲生日開始就每年戴上的馬麻手製生日小帽，希望那天你很開心，也吃得滿意（還好沒有肚子痛）。隔天，我們仍然專屬你。在林可可家的牧場不僅看你又滿足地吃光了牛肉套餐，也讓我們又見識到你那冰雪聰明的一面。在大草坪的狗狗障礙賽跨欄區，你無障礙地小跑步直接繞過跨欄，微笑著，如此優雅，彷彿跟蹲在跨欄對側溫柔又殷切呼喚的把拔說著：一樣能到達，傻瓜才費力氣跳。

喜兒，跟你說喔，以下事情，請你要繼續認真做：

- 繼續天天愛吃，大聲講話，大聲唱歌
- 玩球時繼續保持最佳守門員位置
- 繼續當雙喜和小蘭的好脾氣哥哥，幾乎天天被小蘭妹妹罵也不計較
- 繼續執著的最愛在社區裡那個 playground 聽車子呼嘯而過的聲音，跟著大叫
- 也要像現在一樣，馬麻一叫你，就搖頭晃腦又傻笑地小跑步過來，把頭埋在我的懷裡磨蹭，直到頭頂發燙
- 繼續把 Good morning 當作 magic word，每天早上我一說出這個字，無論大小聲，你就開心到發出小豬叫聲，從無例外
- 繼續堅持每天送我們到家門口，在門邊看著我們把門關上，出門上班；或堅持送到電梯口，看著我們進電梯，直到門關上，你才慢步走回家
- 繼續展現你最假仙的表情、甜死人的笑容，當我們家的公關大使，收服每個

大小鄰居朋友的心

另外，你已經從大叔進階到長輩了，所以，從今天開始：

- 你是家裡腿最短的、嘴巴最臭的，也沒關係
- 當你固執地抱著每個你喜歡的人的腿，因為你從小就錯誤地以為人喜歡這樣……也沒關係
- 嘴巴是你的罩門，馬麻一碰到你就生氣擺醜臉要咬……也沒關係
- 你的綽號是「白目喜」，常常白目白目地自找罵挨……也沒關係

然後，最重要的，請你記得馬麻常常在你耳邊講的三個小祕密，只屬於我們倆的小祕密。還有，如同子翔哥哥說的，要再有一個十年。

喜兒，我們愛你，我們都很愛你。

感謝喜兒帶領我認識了狗狗與動物的美好，進而促使我們投身幫助許多需要救援的毛小孩，我們的生命與生活因此改變。這十年是辛苦的，卻也是豐富的；我更知道，雖看似是我們幫助了狗狗，但上天賜給我們能力，讓我們有能力付出，而能

因此看到他們的笑容。我們，才是最有福氣的！同時，希望這些年的過程在我們兩個寶貝孩子的生命中也種下了一些甚麼的種子。

感謝喜兒十年來的陪伴，帶給我們無限的喜悅與安慰，每天帶著疲累的身心回家，喜兒與弟弟妹妹們永遠不變的熱烈歡迎與深情對望就是最好的營養補充劑。

喜兒大寶貝，生日快樂！願你一直健健康康、充滿活力、大聲講話、大聲唱歌！

（無關情書的番外篇）二〇二〇年二月，武漢肺炎向世人宣示了人身的渺小，更展示了人心的脆弱。人心惶惶，還沒染病，已得了神經病；而因為斷章取義的新聞標題，還把這惶惶擔憂賴給了狗貓，恐讓狗貓背黑鍋受苦，我也擔憂；因為疫情，我的活動主持工作至目前已取消了七場，看著迅速瘦身且不知將後繼無力到何時的錢包，我也心惶惶。

（也是無關情書的番外篇）二〇二〇年二月，所幸，我沒有上郵輪。一月底那晚，整理著行李，期待著第二天即將出發與父親同遊一次長程旅行，突然接到旅行社來電告知郵輪行程取消了，那艘郵輪抵達港口時，驗出一人疑似感染，船上六千人暫不能下船。看著後來那一波郵輪亂象，我感恩沒有帶著父親成為海上難民……我想，這是我從未謀面的爺爺給我們的保佑。我的爺爺名為「虞超」，今年值年太歲星君的名字也是「虞超」（庚子值年太歲虞超星君）。我們今年能平平安安地度過，一定是爺爺的保佑。

#0205

「馬克你的婚戒呢？」

「我留在酒店。」

我們一起的日子像桌上長年灰塵被我抹開默默飛揚在空氣中，想拍開又墜落在身上某處，如影隨形。時間是流動的，這個二月我一直在說服自己，一切依舊沒有改變，可是我們都知道二月並不尋常。所有祕密的交集都是意外，所有的浪漫都是沒有原因，所有的喜歡都是盲目，所有的我都像在谷底，未知待調查需要隔離。真正敗壞道德是我們的目光短淺及自我限制，所有的貪心及慾望的發生只是心痛卻無法阻止。

時不時放你在腦中行走，然後再把你趕到角落對你說：「噓……不要說話。」

喜歡你做的食物，喜歡獨占你的一些時刻，雖然心痛仍然感到幸福，覺得彆扭的時候想到你告訴我要活得自在些，覺得寂寞時打開你錄給我的話聽聽，睡不著的時候重複那些我們一起聽過的歌，想哭的時候要避開同時想著你。

我喝過最好喝的調酒都是我最失意的時候，我最愛的人都是我愛不到的人。

不是只有心情不好才找你，發生好事的時候也想跟你說，其實要上床那麼容易，要取暖那麼簡單，拉拉手就算要我留下來了，問題是派對結束了該怎麼辦？吞下大大一口醒了整晚的 Glenfarclas 25年，雪莉桶的香草甜味瀰漫在我唇邊，仍然感到一絲煙燻的惆悵。

「我還是先回家吧。」

#0208

獨自走在午夜寒冷的街上，急於找一間酒吧喝一杯結束今天，服務生走過來說：「星期六的夜晚，單獨喝酒的女生看起來需要幫助，調酒師會幫忙妳。」

我微笑。喜歡不看酒單，說著自己的喜好：「琴酒基酒，不要太甜的調酒，不要牛奶，不要蛋。」

聽起來像個素食主義者，今天沒有要喝醉也沒有要安慰，不想說也不想聽，就是好好的結束這一天。

「非常好。」喝了一口，我說。

我甚至忍住了不問這杯酒到名字，就像午夜的邂逅，迷人，但是我們不要知道太多，明天就要來了，我們不知道會不會再見面。

第一次遇見馬克的時候是濕冷的二月，我在吧檯邊喝著South Side，它應該是在夏天出現，薄荷那麼輕爽，萊姆那麼清新，砂糖帶著一點黏膩，還有抗拒不了的琴酒香氣。

坐在吧檯右邊的他捲著菸草對我說：「妳喝那麼快，今天一定過得很匆忙吧。」我微笑，沒有回答，看著他熟練捲菸，輕輕伸出舌頭舔一下菸紙。

「妳抽嗎？」

我拿起了他手上剛捲好的菸，他為我點上。

我跟馬克在社會上有各種差距，這種差距往往是阻斷任何情感發生的可能，所以毫無防備；我喜歡捕捉他微小不被人發現的小事，正向熱情有禮貌的背後負面冷感其實對生活提不起勁，我常常翻開人性的另一面瀏覽，那些人們以為隱藏很好的東西，比如其實不開心，但是假裝在笑，比如他其實喜歡我，但是一個提示也不跟我說表示禮貌。

我們只是靜靜地抽著菸。

#0213

「你家裡有可樂嗎？」

「有。不喝酒？」

「我跟你不一樣，Jack Daniel’s 純喝好粗獷。」

「你知道嗎？我想過，每大都忙於工作不需要感情又好像需要感情，最好解決方式就是找一名機師當對象，當他降落在我的城市就發生關係，當他起飛就互不相欠，感覺蠻好的，於是我在網路上搜尋各種機師出沒地關鍵字，可惜沒有結果。」

「我可以當你的機師。」

我面向他把腳打開跨坐在他的腿上，是我喜歡的抱著他的姿勢，在他耳邊輕輕說：「可是起飛前十二小時不能喝酒。」

我喝了一口 JD Coke，餵了他一口，當我們無距離擁抱仰進敏感處，唇線吻合顫慄不止，用最溼熱問候最低溫的耳垂，完美調合探視寂寞最深處，他閉上眼，每個畫面都是我對他的勾引；我們降落在彼此身上，哪裡都不去，在長沙發上做愛，慾望情感跟瘟疫一樣悄悄蔓延，在我們發現不對勁時已泛濫成災。

情感沒有辦法被解釋被說明，就算我想語言表達仍將無法完整，風風火火的不如讓慾望一次次毀滅理性，我無法定義，慾望或情感都是；如果不想悲傷，正面的，就像躁症跟鬱症同時發作，只能先選一個來治療，要先處理慾望還是情感？先處理慾望，情感就會不斷增長，先處理情感，慾望就壓抑不住要爆發，這是越來越清楚的難題。

#0214

情人節，買了巧克力跟葡萄酒，考慮要不要見你。

#0217

有時候明明知道結果，還是沒辦法控制自己的感受，不只是感情，感冒也是。

症狀來得太快，雖然想找醫生，還是需要一番輾轉難眠猶豫不決，聽說這個二月就連流感都無法快篩，醫生們說鼻咽採樣可能會造成噴嚏發生，在這個誰都不能信任的時刻，一個噴嚏都像是致命有可能惹得院內感染的訊號，我最後放棄進到醫院找醫生看病，因為沒有馬克的出入境資訊跟接觸史，我自主管理，戴上口罩，隨時噴上75%酒精，我們得重新開始，因為我一無所知。

我們得重新開始。

#0218

發燒中昏睡時夢境很多很混亂，漸漸地畫面會越來越少，我們沉靜了下來。敲一個空白鍵，再敲一個，每次我坐在吧檯上手指總不自覺敲著，一點點酒精你又回來了一些，但我現在不能喝酒了，你模糊了之後，我還是微笑著，想念你的心跟氣球一樣，飄走，慢慢的很輕，我記得夢中我點了 Last Word 但是沒喝完，連夢中都不要告別。

我在夢裡不斷自言自語。

#0225

你知道嗎？愛一直沒有回來。

也許有一天，某個清晨，陽光灑下，空氣裡的薄霧散去，一片光明的那個早上。我看著你熟睡而柔和的臉龐，走下床，走進廚房為你煮每天都會吃的早餐，也許是煎個蛋或培根，烤了麵包，打開冰箱倒一杯鮮奶或果汁，還泡了熱茶煮咖啡，在這之前，現在，我並不知道你的喜好。

大概就是這樣的一個早晨，我做了早餐。我並不知道你睜開眼，下床，經過廚房，看著我的背影，你凝望。空氣被食物的味道占據，然後你嗅到了一個好久不見的味道，你輕聲的對自己說：「回來了。」帶著剛睡醒的沙啞。我轉頭對你說：「早安。」

你用浮腫的雙眼微笑，回了聲：「早安。」

如果真的有這麼一天，希望窗外的天空是 Aviation 的藍色。

在一段旅程的中央停下來
聽海岸的聲音
白雲悠悠
還不想離開

*去年受來自武漢的樂團「房東的貓」邀約，為她們製作了一首單曲〈孤獨之書〉。這首歌描述著一段獨自的旅程——夜行山林，明月伴人，率直透視了單人的景色。近日重放這首歌，回想某次對自己意義重要的東海岸旅次，並畫下塗鴉。

那個時候的訓練
by summer

最短的一個月

立春，農曆年還沒過完，擔心營養不足，決定送醫院打營養針，順便檢查一下身體。現在就等醫院通知，一旦有病房，便可以立刻前往。

週二的早晨，一如往常的每一天，早餐前例行的更換衣物、喝水、拍背，然後就是坐上輪椅到餐廳吃早餐。但不一樣的是，已經連續幾週，吃東西要看運氣。如果狀態好，即使正餐不吃，餅乾、冰淇淋等甜食，一樣吃得津津有味。但最近，頻頻將食物吐出來，就是不願意進食。

是因為不舒服？可是，每一次詢問，都回答「沒有」。

二月四日上午，手機的 line 傳來疾管家的訊息：

武漢返台台商皆已安置完畢嚴格隔離檢疫14天。

實在擔心熱量不夠，身體免疫系統會出狀況，加上最近咳痰的力氣變小，常常都咳不出來，心跳也偏快……當天下午接到有病房的通知，立刻就前往醫院報到。

住進醫院後開始進行抽血、X光檢查、準備打點滴、營養針。同時也因為痰音重、咳不出來，做了第一次的抽痰，之後就打呼入睡。傍晚，痰音仍重，呼吸治療師連同住院醫師前來調整給予氧氣方式、並解釋稍早X光的結果：「肺部雙下葉浸潤！」也就是肺發炎了。

晚上七點左右，呼吸治療師來做藥物蒸氣吸入，並給予百分之百的氧氣。半小時之後，呼吸變得急促，醫生做動脈血液檢查。八點半緊急插管接呼吸器，準備送ICU。

現在只要提到肺炎兩字，任誰都會很緊張吧。

接近午夜，看了看疾管家的訊息：
指揮中心公布第11例嚴重特殊傳染性肺炎確診個案，就是從武漢返台的一位台商。

這時候的我們還在ICU門外等待可以進去探望父親的通知。

從去年父親開刀回家之後，雖然不是很聽話的願意乖乖的做復健，但胃口好、生氣罵人的時候也很大聲，就是痰多了些，每天都要提醒他要把痰咳出來。直到今年年初開始，胃口開始變差，容易嗆到，咳痰的力氣也越來越弱。痰累積在肺部加上免疫系統的下降，一切知道或是不知道的原因加總起來，肺發炎了。從原本說的輕微發炎到不到半天的時間，轉變成呼吸困難需要進加護病房。

不是武漢肺炎，但是一樣讓人惶恐。

醫院原本就不是個一般人喜歡去的場所，加上新型冠狀病毒感染引發之肺炎疫情升溫，醫院出入口管制更加嚴格，限制也越來越多。像是加護病房的探病時間以及人數的限制，從原本的一天三次改成兩次，一次也只能一個人進去探訪。除了必須看診的病人之外，探病或是照顧病人的家屬，也陷入恐慌，深怕被傳染。

離開醫院的時候已經是深夜一點了。離開前，我們需要留下家屬的緊急連絡方式，萬一有什麼狀況，必須立刻趕到醫院。

那一晚，睡不著也是正常的吧。

二月十三日疾管家稍來算是一則好消息：

第10例新型冠狀病毒確診個案臨床症狀改善、三套採檢皆呈陰性。目前恢復狀況良好……目前國內新增……含18名確診……。

在醫護人員細心的照顧下，每天的呼吸練習、加上抗生素似乎也發生作用，上午醫生將管移除，不需要靠插管呼吸了。醫生也說肺部發炎有好轉，再觀察幾天，如果呼吸沒有問題，近期應該就可以轉到一般病房。

二月十五日晚上接到醫院的電話，因為下午發生右側身體短暫的癲癇，醫生需要做腦部斷層攝影等檢查，家屬需要到場陪同。一直等到快十二點，弟弟回報說目前腦部沒有急性出血的狀況……今晚又要失眠了。

失眠，反正也不是一天兩天的事了。每天都期待至少可以連續睡四到五小時不醒來就很開心了。依照慣例，滑起了手機，順便看了一眼疾管家今天的訊息：

除台灣之外，國際間累計585例確診病例，分布於27個國家／地區……。

二月十七日中午，父親順利的轉到一般病房。但是繼續需要使用鼻胃管進食，除了是要確保熱量營養攝取的足夠，也是怕吞嚥功能尚未恢復，萬一嗆咳，就很危險。

目前發炎指數還是偏高，所以抗生素還是需要繼續。翻身拍背也必須因為痰多且自咳成效不佳，必要時要抽痰。雙腳有萎縮的情況，被動式運動以及復健是一定要做。

應該是去年的端午節之後的某一天，父親突然就不願意站起來走路了。他之前摔過好幾次跤。可能是摔怕了吧加上或許之前瘀青的地方還在痛，所以他決定不要再站起來了。家人擔心如果他不動只是躺著，身體很快就會萎縮退化，於是安排了住院做全方面的檢查加上復健課程。不過就在他住院的一週前，開始出現嗜睡的現象，但大家也沒有特別在意，想說可能就只是疲累。不過在住進醫院的第二天，父親嗜睡的狀況變得嚴重，醫生覺得不太對勁，於是緊急做檢查，結果當天傍晚，就被送進開刀房緊急動了腦部手術。

據醫生判斷，應該是之前摔倒的時候有撞到頭部，然後慢慢滲血壓迫到腦部，所以需要趕緊開刀打洞引流並同時釋壓……。當時讀著弟弟傳來的簡訊，我正在餐廳與朋友喝啤酒。當下那一口，該吞還是不吞……。

醫生走出開刀房，面帶笑容但語帶保留，弟弟是這樣形容的。手術是成功的但需要觀察復原狀況。的確是成功的手術，父親恢復得不錯，因為不只可以說話，還會罵人。

歷經兩次的急救以及加護病房，父親和家人都很幸運，我們是這麼想的。兩次緊急狀況都剛好是在醫院發生，因此，當事情發生的當下，我們沒有緊張害怕到不知所措，因為醫生人員已經在身旁幫助我們。也因為沒有過於耽誤到，父親復原的狀況也都比預期中的好。

二月，雖然一開始並不是那麼得順利，但似乎也慢慢的往平穩的狀態前進。至少自己的心裡是這樣對著自己說的，不管這個二月，家人或自己或外面的世界發生了多少事情，我只希望會更好的，不管是什麼結果。這或許是一種 wishful thinking 吧！但我願意相信。

Whether it's good news or bad news, we shall get better and stronger.

面對每一個即將來臨的每一天，健康或是生病、好睡或是失眠、開心或是難過……我們都得面對，好好的過好自己的每一天。

看著疾管家從手機傳來的訊息：

……嚴重特殊傳染性肺炎（COVID-19）防治及紓困振興特別條例已於今日三讀通過……因應國際武漢肺炎疫情發展，目前已將中國大陸（含港澳）、韓國列旅遊疫情建議第三級警告；日本、新加坡、義大利列第二級警示；泰國、伊朗列第一級注意……昨（24）日國內新增13例嚴重特殊傳染性肺炎通報個案，目前累計通報2,060個案，含31名確診（今日新增案31）、2,005名排除，餘隔離檢驗中（12名初驗陰性、其餘待檢驗）。確診個案中，1名死亡、5名出院、其餘個案持續住院隔離中……。

再幾天這個月就要過完了。

一年裡最短的一個月，卻覺得特別的漫長，

今年的二月。

#武漢／劉伯言

封城那天是23日，除夕前一天。我醒時天還黑著，才凌晨四點多。抓起手機，看到學弟小霍一小時前從武漢天河機場發來的信息：「學姐保重，我先走了。」他在登上飛往柬埔寨的航班前說，接著轉發了一條新聞：「武漢今天十時起，全市公交地鐵等停運，機場、火車站離漢通道關閉。」新聞發布時間是凌晨兩點。「封城」，標題裡打了個引號。

這在意料之中，但又很突然。關於一種不明原因的肺炎，消息已經傳了一陣子。我那時還在北京，上海同事小龔在12月31日早上給我發來一張截圖，是武漢市衛生健康委前一天發布的緊急通知，說華南海鮮市場陸續出現不明原因肺炎病人。有一種說法是，引起這種肺炎的病毒近似SARS。不過1月2日，中央電視台又報道，武漢有八人因散布關於疫情的謠言被查處。我有些擔心，看到《聯合早報》說香港加強戒備，而國內媒體《財新》也稱有武漢感染者在泰國和日本確診。大家當時都稱呼這種疾病為「武漢肺炎」。

問父母實際情況如何，他們說，是造謠，也就幾個人感染吧，只關心我何時回家。還傳給我一條本地段子：世界人民覺得中國是「疫區」，中國人民覺得武漢是「疫區」，武漢人民覺得漢口是「疫區」，漢口人民在開心的辦年貨，趕吃年飯聚會，不想搭理。

去年底，我剛從北京的一家媒體機構離職。因為春節打算和小霍一起去柬埔寨，採訪那裡的華人，我訂了1月25日從武漢飛往西哈努克的機票，打算1月14日提前乘火車回家陪父母。抵達站是漢口站，這裡距離華南海鮮市場只有幾百米。我讓爸爸別來接車，他還是提前等了我一小時。由於還未到春運高峰，車站人不多，也沒人戴口罩。地鐵裡也是。一切和往年沒什麼不同，路邊一些店鋪掛著紅燈籠，水果店把果籃擺在最顯眼的位置，賣熱乾麵和糯米包油條的攤子冒著熱氣，叫人嘴饞。

直到1月19日，武漢衛健委的通告裡都沒有新增的新冠肺炎病例，只說可能存在「有限人傳人」。副市長開了第一次疫情通報會，說「可防可控」。國家衛健委的說法也一樣。這天早上起來，我有點發燒，覺得應該就是普通感冒。我們一家三口去了一家海鮮火鍋自助餐廳，打算吃點熱的。我戴上了口罩，但沒能說服爸媽。他們堅信官方的說法，「可防可控」。

到20日下午，鐘南山院士出現在新聞上，帶來的消息和之前截然不同。「根據目前的資料，新型冠狀病毒肺炎是肯定的人傳人。」他還說，武漢有14名醫護人員已經被感染。接著關於國家主席習近平對武漢疫情做出指示的報道也出現在所有平台上。「習近平都出來說話了，那應該是真的嚴重了。」直到這時，每天都會和老友搓麻將的爸爸才不再出門。我則告訴小霍，我有點發燒乾咳，柬埔寨就不去了。叫他也保重。

人們開始帶著嘲笑的口吻扒出關於武漢本地的報道。1月18日，武漢本地媒體《楚天都市報》頭版是關於一個有十幾萬居民的社區百步亭辦「萬家宴」，喜迎新春。還有一個幾天前的視頻採訪裡，記者問市民：「戴不戴口罩？」「不戴！」「為什麼不戴？」「相信政府！」

我記憶中武漢人的性格原本也是這樣。有句本地方言「不信邪」，說的是遇上什麼事先不擔心後果，偏要硬碰硬，試試看會怎麼樣。這裡誕生了生命之餅、AV大久保之類的朋克樂隊，有個全國獨立樂隊巡演都會路過的VOX酒吧。漢口清朝時已開埠，碼頭文化已有幾百年歷史。改革開放，漢口的漢正街小商品市場是第一批試水的，擠滿為了改變命運能從凌晨三四點工作到晚上十二點的生意人。一九九八年大洪水，我八歲。記憶中只有拿傘玩水的快樂，恐懼感是後來看資料才補上的。

但很顯然，這次的「不信邪」不同，更多是因為信息不對稱。

封城的通知來自武漢市臨時成立的疫情防控指揮部。關於預案是什麼，城內的人如果遇到出行困難或者物資問題該怎麼辦，沒有任何官方解釋。從發布通知到真正封城，只有八小時時差。火車站和高速路出口排起長龍。媽媽六點起床看到新聞，八點衝到離家十分鐘的超市採購。門口有人挨個測體溫。蔬菜區排起了長龍，大部分已經被搶光。結帳區也是。媽媽沒有買到蔬菜，用兩個購物籃塞下盡量多的雞蛋、牛奶和主食，出門時遇到滿臉迷茫的鄰居——購物籃已經被拿光了。

一切都和每年除夕一樣，又不一樣。外頭只有雨聲，沒有鞭炮聲。明明身在家中，但手機和電腦裡看到的那個世界卻顯得更真實，才是我唯一能了解真相的地方。

封城後的四十八小時，武漢變成了一座孤城。這不僅是物理意義上的。武漢被長江和漢水分成了漢口、武昌、漢陽三個大區，又細分為十三個小區。戶籍人口加上流動人口一共有一千四百萬人。交通封閉意味著寸步難行。防控部在這期間連續發布了八個單方面的通告，包括關閉過江隧道、封閉各區，並且開通愛心物資捐助，只允許通過紅十字會和慈善總會募資。但沒有說明市民日常生活該怎麼應對，大家也不知找溝通。民眾和政府變成了兩條平行線。

問題很快出現了：沒有私家車的醫護人員無法上班；醫院急缺防疫物資。很快有尚無症狀且擁有私家車的本地市民出動，分區組成了志願者車隊。醫院又各自發布了物資求助的海報。微信群上很快出現各種臨時組建的志願者群，名字也各式各樣「魯磨路救援隊」、「藍天救援隊」、「微光救援隊」、「武心援」、「搞點東西」，除了接送患者和醫護人員，他們也從境外以及國內各地募集物資直接送到醫院。相比之下，直到晚上，武漢防控委才發出第七個通告，說要調度四千台出租車，分配給各社區中心。

越來越多的醫院求助截圖出現在微信群以及微信朋友圈裡，又被人匯總成公眾號文章、微博帖子。物資告急的程度令人難過。醫生不敢吃飯，因為防護服不夠用，脫了就得換新的。一個口罩戴五天。沒有口罩就用手捂著。有標注漢口殯儀館身分的人說，從收到的屍體判斷死亡人數是公示的數倍。微博國際版上有人發視頻，三具蓋著白布的屍體躺在醫院過道裡，兩側或坐或立著戴口罩的人。錄視頻的是個女人，漢腔裡帶著哭腔：「市長熱線打不通，屍體沒人管，醫生忙不過來，醫院領導找不著。」

很顯然，大部分群雖然及時，但有些共性問題：全是各種各樣的小需求，沒有人負責核實信息真偽和時效。不斷有不明身分的新人加入，對話刷屏過快，效率當然比集中統籌低多了。但一些人並不相信紅十字會和慈善總會，質疑各種流程所花的時間，也懷疑其信譽，想保證自己的錢落到實處。

有位醫生在群裡發了條語音：消耗速度高於物資速度。醫院方面明顯也沒有統一的後勤人員。從凌晨一點到凌晨三點，我在兩個互助群裡看到過兩個人轉發同一條信息，說五醫院醫生沒有吃的。有人說，五醫院五次聯繫她，都是不同的人。後來大家才知道，是因為醫院領導不願意接受私人捐贈，一定要等紅十字會的派發。下面醫護人員已經等不及了。之前對外的聯系人已經都病倒，新的聯系人想到越過院方向外求助。

從《三聯生活周刊》、《財新》等非官方媒體的報道中，人們越來越意識到問題的緊迫。試劑盒數量不夠、確診艱難、床位短缺以及無法收治的患者意味著更多人可能被感染。

封城前一週，我收到了上百條問候信息。在溫州市過年的前同事小孫和我說，爸媽夜裡都發燒了，還口苦。這是一些患者自述裡提到的症狀。她有點崩潰，因為媽媽半夜三點自己去了醫院，醫生問近期是否去過武漢、是否咳嗽、是否接觸活禽，只開了退燒藥，就放她回了家。溫州的確診人數僅次於武漢。有十八萬溫商在武漢，三十三萬湖北人來溫工作。

有素未謀面的導演K聯系上我，說想知道武漢的真實情況是什麼，打算找普通人拍自己的生活，做成紀錄片。他找了三十幾個作者，遍布全國。人們說起各自的傷心事：一位武漢攝影師，1月9日還和兩個朋友一起拍了合照，現在他們都死了。在肇慶，一位年輕爸爸在武漢封城次日遇上妻子生產，在外焦慮的等待。在廣州，有位高中生的奶奶病危，他拍下了父母的對話。「宣傳口號之類的東西不需要我們去做，那也沒什麼意思，我們該記錄些真實的東西。」

一位黃岡志願者每天晚上和我聊天。她是英山縣的一位縣城老師，原本只打算捐錢給醫院，結果演變成為醫院找物資，並且逐漸對接了十四家醫院。白天她總在車上，同時在各個微信群裡求助口罩、防護服和體溫計。大部分時候她都顯得很焦慮，因為湖北省地市和武漢比起來仍然是「燈下黑」，物資難以得到保障。只有一天她顯得很高興，告訴我拿到了黃岡到武漢的通行證，以後不用每走一段路都要開不同的通行證了。

小霍則發來消息說，由於航班上有同行乘客被確診，他在從柬埔寨返程時被隔離在了無錫，得在那裡待十四天。

由於物資緊缺，我們家的飲食改為兩頓：上午九點吃早飯，下午四點吃午晚飯。一開始我們很少在飯桌上談論疫情，都在各自刷手機。後來熟人中陸續出現患病的或去世的，我們就開始邊吃飯邊彼此播報親友的生死。爸爸說，他報道高校教育時的一個朋友，武漢電視台的記者，大年初一過世了。媽媽談起，南師附中下一級的同學在美國工作，回武漢過年，也是大年初一去世了。我去年在漢口採訪過的兩位物流公司老板，一位死了媽媽，一位死了爸爸，都是由於年齡大、等床位時病情從輕症被拖成了重症。

官方敘事總是宏觀，而真實情況其實都藏在微觀裡。妳好像能看到一個巨大系統被緊急啟用運轉時，那些生鏽的部件如何彼此摩擦嘎嘎作響。

由於物資和物流受到了官方更嚴格的控制，志願者們在物資支持能做的事越來越有限，注意力從物資轉向患者援助。從2月2號開始，我也加入了兩個志願者團隊，開始對接那些求助的患者。2月4日晚上，洪山體育館的方艙醫院連夜找去兩百多個志願者搭出一千個床位，開始收治患者。但我們每天仍然感到非常無力，床位明顯不夠。我們能做的只是告訴患者：一定要想辦法做CT、做核算測試，盡快確診，確診才是保命符；危急的情況要去微博求助；要不停打電話催促社區；衛健委、防控部的電話也都要打一遍；所有能夠填寫的表格也都要填一遍。

一位朋友在人民日報志願者團隊裡，不過只做了三天她就退出了。她的工作內容是確認求助信息，和每個患者打電話詢問進展。比起那些年輕且一家多口感染的，七十歲以上老人很多時候可能無法被排上優先級，但妳可以從電話中聽出他們有多無助。她打通的最後一個電話，是患者家屬接的。患者剛剛在家裡去世，家屬剛打完一二〇，要等一二〇來開具死亡證明，才能聯繫殯儀館。而即使打一二〇，也還是要排隊，有時排到三百多號。

2月6日，李文亮去世那天，是封城以來最令人崩潰的一天。李文亮是武漢中心醫院的一位眼科醫生，最早的八個因為謠傳被訓誡的吹哨人之一，也是這八人中唯一接受媒體公開採訪的。這天我對接的四個重症患者中有三個還沒有住進醫院。聯繫一個新的求助人，電話那頭只能聽見粗重的喘息聲。我又給他的兒子打電話，他說起自己的舅媽如何等了十幾天還不能確診，死在醫院大廳裡。說起如何四處尋找價格已經炒到六百元一瓶的免疫球蛋白。接著說道自己的父親，如何1月26日已經確診，但2月6日早上才被送到醫院，而且還是只有隔離作用、沒有基本醫療條件的方艙醫院。「妳覺得我們是不是玩了一場代價太高的遊戲？」他問我。我不知該如何作答。

掛了電話，我看到李文亮去世的消息。志願者群接著彈出一條消息，說有三十幾個確診輕症的老人原本被送去方艙醫院，但醫院已經住滿，並且只收治十八到六十五歲的患者。接送的車輛是一台改裝的公交車，司機把車開到武昌火車站的停車場，就下班了，而老人們則無法回家。這時已是凌晨十二點半，我們開始分頭打電話：市長熱線、一一〇、一二〇、衛健委、防控部、城管。都無法得到立刻派車解救的答覆。直到凌晨兩點半，通過聯繫每個老人所在的社區以及願意接送患者的志願者司機，我們才終於找到所有老人。

我們後來才知道，社區只負責上報患者信息，衛健委只負責篩選信息、分配床位、聯繫患者和醫院。社區與醫院之間的那個真空地帶，成為類似事件的溫床。

2月13日，湖北省委書記和市委書記被撤職。這一天湖北新增確診一萬四千八百四十例，其中CT直接確診一萬三千三百三十二例，核酸一千五百〇八例。我們都為CT加臨床症狀就可以確診而感到高興。外地有一萬六千醫護人員來武漢志願。本地則有十幾所高校被徵用為隔離點，我媽媽所在的武漢紡織大學東湖校區也是。

但床位擴大、醫護人員的不斷湧入也意味著物資更加緊缺了。在數個物資捐助群裡，大家都會談到錢不夠，以及口罩、防護服找不到有保障的貨源。出現了二手口罩販子。還有官方指定的廠家，以高於政府採購價格十幾倍的價格向志願者出售防疫物資。

2月14日，武漢市發布了更加嚴格的小區封鎖通告。所有小區只留一個出口用於患者就診，其他人員不可出入。食品採購要靠社區團購，或者電商。但京東、天貓等平台政策不一，物流情況也出現停滯，很少能及時送上門。我們小區目前有十例確診或疑似，一例死亡。昨天社區給每家分配了兩個蘿蔔、兩個包心菜，大家已經感到很幸運。

而對於患者們來說，又出現了新的難題。非肺炎患者不知道去哪裡看病。我在過去幾天遇到十幾位急需透析的患者，但面對他們的困境是：如果不確診自己是否患有新冠肺炎，很難找到願意收治的定點醫院。另外還有腦出血、癌症患者，有的是因為原本住院的醫院被徵收為肺炎救治定點醫院，因此被強制出院；有的是找不到能夠提供足夠醫療條件的醫院進行治療。一位醫生在談到城內晚期患者的救治時和我們說：「在認命的基礎上找活路，才有希望。現在人們都覺得生命是應該的，其實疾病和死亡才是應該的。」

昨天早上，我們家又收到一條噩耗。爸爸在黨校時認識的一位朋友，湖北電影制片廠導演常凱全家染病去世。爸爸早上看到這套消息，又坐到了陽臺，在陽光下一個人抽煙。這裡成為封城後他每天待得最久的地方。

冬陽是舒服的，比春天還溫柔

農曆每隔三年就會多出一個月分，就是所謂的閏月。由於農曆節氣明顯和天氣狀態密切相關，印象中只要碰上有閏月的年分，當年氣候就會變得極端和怪異一些。也算是一種成見吧，就覺得只要碰上這樣的年分，碰到的事就是多一些，而且多數是不希望它發生的事。

二〇二〇多麼特別的一組數字，恰也逢上四年一閏，二月有二十九天；而農曆閏月落在四月，按節氣算春天多了一個月。春如四季本就多變，不穩定的日子多了二十九天，這本就是不尋常的一年。

這世界似乎並不存在著意外，所有的發生就是發生，沒有意外、沒有多餘、沒有不應該。或許也只有抱持這樣的心態才能足夠冷靜、足夠有智慧地去應對這變化越來越快，越來越不確定的年代。

二月中旬，即使在南方也還離不開羽絨服，這屬正常不屬於稀奇。

這一天來了久違的陽光，於是戴上口罩輕鬆出門去。幾分鐘後走到孔廟後門，驚見稀稀疏疏木棉花落了一地，抬頭仰望這棵高聳的木棉，已是滿樹火紅不見一片綠葉，難道季節就這麼讓大家如願，直接從冬天切換到夏天了嗎？

相信對於居住台北的任何一個人，沒有人會在有陽光有溫暖的暮冬早春想著夏天。今年有點不一樣，大家都想從冬天直接走入夏天，把希望寄託在夏天，相信夏天可以把病毒殺死。

現代都會生活人與人之間其實是疏離的，距離也是空前的，但我們的生活模式與環境空間，又把人與人拉得無比靠近。

我們與陌生人緊貼一起在偶像的演唱會現場搖擺；數百個完全不相干人在密閉的機艙裡一個挨著一個無間隙地坐著，一起飛越數千里共赴一個目的地；或者同住一棟樓，進出同一個門數十年卻依然是陌生人。這個時代人與人的關係太不表裡一致了。

難道病毒想幫助我們縮小這之間的反差，讓我們表裡一致些吧！

不要聚眾、集會，我們本來就不是這麼靠近的嘛；避免彼此面對面吃飯，我們本來就沒有那麼多共同話題可以說的呀；戴上口罩遮掉三分之二的臉，我們本來就是這樣看不清楚彼此的呢。

把人與人間的現實距離拉開一些，才好比較對應人與人之間真正的心理距離，不至於悖離太遠鬧矛盾、不會過於傾斜而崩塌。這不也是一種很必要的平衡與和諧，更何況保持適當的距離，也才能讓我們保持清醒客觀，看清真相。

仰頭看滿樹火紅的木棉，低頭看自己身上穿的厚羽絨，這場景說不上魔幻，但也有一絲絲弔詭。踏進孔廟後院，一陣陣桂花香隨風忽隱忽現，尋找香味來處時，卻見一樹粉色茶花，視線再朝下一點，一片矮樹叢都開滿了點點細碎的白白花穗，香氣越來越濃郁，感覺有點不現實。

再繞進前院，幾棵李子樹開著粉白色小花，之所以知道是李子樹是因為枝頭上已經結了許多大小不一的果子，花也還開得不少。再走幾步迎來粉紅色的桃花，一樣花與果子在一樹，手勾不著的高枝上掛著一顆大大紅紅熟透的桃子，獨樹一格。

茶花是冬天的，桂花是秋天的，木棉是夏天的，李花、桃花屬於春天，而且桃子不是要靠近端午才長成的嗎？現在，距離剛過去的元宵節還不超過十天呢。這不過一刻鐘的腳程，也算是行走過四季，看見了四季風光。

無論什麼日子，孔廟總是會有好幾組帶著虔誠與好奇的西方觀光客，今天也不例外；斜對面的保安宮不少住民信眾舉香低頭祈福，香火嫋嫋不斷；今天是上班日，只是學生的寒假還在延長中……。

冬陽是舒服的，比春天還溫柔，變化中一切如常。

二〇二〇二月在台北的一個午後。

二月，莫蘭迪的生活

二月，想到義大利藝術大師莫蘭迪
他的生活非常簡單，幾乎沒有故事
一天一天又一天
只是坐在畫布前調色畫畫

生活安定之一：自拍
人之生活記憶　人之喜怒哀樂
人之四季風景　人與大自然共存

生活安定之二：戲水

憶起小時候常去海邊戲水、挖貝殼、逗螃蟹
留下美好回憶

生活安定之三：親子

小時候的我都在台南住校讀書
每年放寒暑家才會回高雄家
傍晚時，父親總會騎腳踏車載我和弟弟到大林浦
海邊奔跑
父親在海邊釣魚，大大小小的魚，樂得不得了
天黑前賞黃昏，所有一切煩惱消散
夕陽無限好，只是近黃昏

獵殺紅色二月

二〇二〇年二月，與其說是大自然的反撲，不如說是老天爺發動的病毒革命。二月分出現了許多前所未有的現象，且聽我娓娓道來。

第一個現象，就是大家行事曆的行程大變，這正應驗了「計畫，永遠趕不上變化」這句話。結束了廣播節目的錄製，從淡水文化園區回台北的路上，車輛變少了，行人更少了，以往這段路都會塞車，但這一次走起來卻格外的順暢，有一種過年時候的路況。這是在家裡待了好幾天之後，第一個工作行程，其他演講和演出的活動，取消的取消，延期的延期，若不是廣播和電視有「開天窗」的問題，可能這些都會在二月分的行事曆中消失不見。我還算好的，像旅遊業、航空業、觀光業等等，變化更大，受創十分慘重，媒體傳出微風百貨公司為裁員開出了第一槍。今年經濟的成長率，想來勢必會有所下修。

二月中旬，女兒的學校放期中假，她將從英國返回，這是令我們期待不已的事情。但因著新型冠狀病毒疫情之故，學校不讓中國的學生回家，讓女兒耿耿於懷、十分不爽地就是，不是不能回家，而是老師們分不清台灣和中國有什麼不同，認為台灣是中國的一部分。不只是英國，似乎大部分的外國人，都傻傻的分不清楚，只有美國人和加拿大人比較知道。女兒不能回家，這是老婆最在意的，勝過疫情的一切後續發展，因為她的期待破滅了。

第二個現象，就是口罩之亂。對口罩最有印象的就是，多年前，有一位「口罩大盜」李師科搶銀行的新聞事件，在早年民風純樸的台灣社會，確實帶來了極大的震撼。而為了防疫，以往毫不起眼的口罩，在大家一窩蜂的搶買之下，發生了口罩荒，口罩立刻從沒沒無聞變成了聲名大噪，以前以為用錢買不到的只有真愛，想不到現在還多了口罩。時代真的是變了，以前是戴口罩去搶錢，現在是帶錢去搶口罩。呵呵！

說一個和口罩有關的故事。去年下半年，那時候還是夏天沒有離去的時候，有一個廠商捐了三大箱口罩，送給我所帶領的「混障綜藝團」。心想，為什麼是送口罩，而不是送夏天應景的飲料。於是我將這些口罩分贈給團員，還有說話藝術課程的學員，當時這個小小的口罩，並沒有給大家帶來多少的興趣，有些人收下了，有些人則是興趣缺缺。當時有拿到口罩的這些身心障礙朋友，現在就不需要花久久的時間，排在長長的隊伍裡，更可以響應那句「我 ok，你先領」這句話，並將口罩留給更需要，像醫護人員之類的人。

「一窩蜂」向來是台灣社會特有的寫照。爺爺曾經說過，在他的那個年代，民眾曾經歷過一窩蜂的去搶購「十姊妹」的鳥類，造成這種鳥兒的價格越炒越高，後來由於飼養過剩，造成這種鳥兒完全不值錢，價格大跌，使得許多人血本無歸，傾家蕩產。之後又有所謂的蛋塔店和手搖飲料店一窩蜂的林立，以及記憶不遠的搶購衛生紙的一窩蜂。就有媒體去採訪搶購口罩的民眾，問大排長龍中的一位阿嬤，知道排隊要買什麼嗎？阿嬤表示，是要買 Nike 的球鞋，還有更多的人，完全不知道為什麼而來，看見大家都來排隊，他們也跟著來了。

第三個現象就是「排華」。由於疫情的蔓延，從一個國家擴散到另一個國家，再擴散到許多的國家，疫群變成了瘟疫，就像過街老鼠人人打一樣，出現了「排華」情形，尤其是發生在日耳曼民族自認帶著「優越感」冠冕的白種人身上，這對所謂的「文明」是何等的諷刺啊！可見這些自認為文明之人，實際上，距離文明是越來越遠了。豈止是歐美，在其他國家，人與人之間的不信任，人與人之間的對立，甚至還有人將確診的人「封屋」起來，這種種情形越來越多。

我在大愛電視台主持的《圓夢心舞臺》節目，這是一個為身心障礙朋友說故事、秀才藝，圓一個夢的舞台。在和製作人、企劃、導演等人，進行「腳本會議」時，有些人都會問我，為什麼受訪的主角，大部分在成長的過程中，都會受到歧視，實在令人同情。我和這些人分享，其實，歧視是無所不在的，並非身心障礙者的專利品，譬如貧窮的人會被有錢的人歧視，白皮膚的人會歧視其他膚色，尤其是黑皮膚的人，弱勢的人會被強權的人欺負，甚至許多肥胖的人，都會被「汙名化」，這也是一種歧視。什麼時候歧視能夠被同情取代，這才是邁向文明的開始，否則，那些自以為是的文明人，不過是穿著國王的新衣，欺世盜名罷了。

第四個現象，就是時間變多了。疫情發生之前，我忙得沒有時間，被行事曆上密密麻麻的行程追著跑，從廣播錄音到電視錄影，從演講到主持混障綜藝團的演出，忙得身心交瘁，忙得焦頭爛額。但疫情發生之後，突然之間，變得有好多好多的時間，我可以享受一段午睡小憩，可以有充分的時間，看幾部之前想看卻沒有時間看的影片，還有多多寫文投稿，至於閱讀，就再也找不到因為沒有時間推諉的理由了。

在這些現象之後，該有的是省思。

老天爺往往會透過一些災難，像地震、海嘯、蔓延不絕的大火等等，帶給人類一些警惕和學習，像這一次新型冠狀病毒的肆虐全球，就是老天發動的一次紅色革命，因為老天爺發現，越來越多的環境遭受人們的破壞，越來越多的動物遭受人們的殘殺，以及越來越多的人們，昧著良心做事，若是我們人類不能有所體悟，徹徹底底地改變我們的所作所為，以「敬天愛人」為出發，那麼我們的社會，乃至於許多的國家，仍會有層出不窮各式各樣的災難發生，大家不可不引以為戒啊！

二月終將會過去，疫情勢必會落幕，但走過了這一遭會留下什麼呢？危機就是轉機，轉機帶來契機，「煙花三月下揚州」，「淡淡的三月天，杜鵑花開在山坡上，杜鵑花開在小溪旁」，期待三月分的來臨，女兒三月分的期中假應該就可以回來了。

於是我寫下了這十四真言：「不求三月下揚州，只盼三月能下樓。」

台北／劉鋆

【十一月的武漢客廳】

今天的武漢客廳，洋溢著青春的氣息，在全國各地開始紅火的男團威神V，在這裡舉辦了歌迷見面會。下午五點不到，會場外就擠滿了來自全國各地的粉絲，每個粉絲都有自己擁護的偶像，每個站長也都竭盡所能的為自己的偶像應援。大大的海報，霓虹燈，手幅，熱鬧極了。

與之前的世界軍運會的嚴肅氣氛完全不同，這種見面會是我最喜歡的了，雖然我只是負責會場清潔衛生的大媽，但我也還是喜歡舞台上小鮮肉的勁歌熱舞勝過運動會那種只為了贏獎牌的競技比賽。

大家守秩序地陸續通過安檢進場了，我也開始在衛生間裡忙活了起來。女孩們每個都在鏡子前重新抹粉，漂漂亮亮地赴這場盛會，畢竟能跟自己心儀的偶像面對面可是件人生大事啊。說起來這些孩子們真的命好，生在這個不愁吃穿還能經常蹦D的時代。

記得我小時候的天河村，全村只有劉大叔家裡有錄音機，每天吃了晚飯後村裡的大人小孩全都跑到他們家門口，等待劉大叔按下那個鍵，然後小鄧的甜蜜嗓音就跟著大叔的白色香煙慢慢散出。所有的人都很陶醉，我踮著腳尖站在人群裡，當時覺得能聽到這麼美妙的歌聲應該就是美麗人生了。「來首小城故事吧！」總會有人這樣喊著，「是啊是啊，小城故事特好聽的！」也總會有人這樣附和。

偶像們還沒上台，尖叫聲就已經此起彼落，我趁著倒數的閃燈躲進了會場主要入口的角落，這個位置雖然遠，卻可以一覽整個會場，偷偷地跟著年輕人的熱血一起沸騰。

因為舉辦世界軍人運動會的關係，這兩年武漢興建了好多大型先進世界一流的場館，武漢客廳就是其中之一，它是個中型的室內多功能場館，運動會結束後，成為演唱會、歌迷見面會的首選之地，確實是武漢招待賓客的「客廳」。我很慶幸可以在這裡工作，為武漢客廳的各種活動貢獻小小的力量的同時，還可以親眼見到很多有名的人物。

台上的男孩們怎麼可以把舞跳得那麼好？台下的女孩們哪兒來的力氣可以如此地大聲嘶吼——念出偶像的名字？尖叫聲、尖叫聲、尖叫聲……我的耳朵幾乎耳鳴了，簡直是用盡吃奶力氣的尖叫啊，年輕人的肺活量肯定是我的幾倍吧，要不怎麼能夠造成這樣的震動？是的，舞台上下一起震動，孩子們都瘋狂了，然而我知道自己是幸運的，因為台下觀眾都只能乖乖坐在椅子上，只有我跟保安們可以站著，而我，還能躲在這裡偷偷地隨著那音樂搖擺幾下，就像我第一次在劉大叔家門口聽見洋人唱歌那樣，我太激動了。

希望以後武漢客廳的每一場聚會，我都能參與其中，即使是躲在角落。

【二月的方艙醫院】

我仍舊很難接受，不過才兩個月的時間，這世界就翻天覆地了。武漢客廳突然就變成了接收肺炎患者的臨時醫院了。

一切都變了，我躺在角落裡看見這些排列整齊的床鋪，這麼多的床都是從哪兒來的？衛生間也不是我之前負責打掃的那個樣子了，我已經不能再幹這衛生的活了。身邊這些跟我一樣被安置在這裡的病人是否知道以前這裡是個甚麼樣的地方呢？

我病了，但很輕微，也很幸運地被安排來這裡，這個地方一直就像是我第二個家，所以我一點也不害怕。昨天夜裡，隔壁床的太太開始咳嗽了，她每一咳都用盡了力氣，此起彼落的咳嗽聲讓我無法入睡。我想起十一月的那個演唱會，多希望現在每個夜晚聽到的是那些孩子們用盡力氣的興奮尖叫啊。

白天我們有時候做體操，也有人會用手機放音樂帶大家跳跳廣場舞。我也盡其可能地扭動身體，但總不如那個晚上躲在角落那樣地搖擺自然，我想，我確實是得了肺炎了。

武漢已經封城，大家現在連小區都走不出去，我也甚麼都不敢想，連跟家人真正相見的念頭都成了奢念，能好好的活著好好呼吸已是萬幸。

我還清楚地記得那燈光閃爍的夜晚，孩子們為自己所愛所展現的青春活力。要花多久的時間方艙醫院才能變回武漢客廳呢？

後記：

二〇一九年十一月二十三日我到「武漢客廳」觀看姪子的演出，感受到前所未有的震撼，主要是來自鄰座那個從廣東特地前來跟偶像見面的少女，那晚她的尖叫聲幾乎沒有停過，至今還時不時地出現在我耳邊。兩天後，武漢大降溫了十八度，吃完午飯後我坐在一樓寒冷的中餐廳看書，我還記得餐廳裡一位大媽年紀的服務生很貼心地跟我說，妳穿得太少，多喝點熱水，別受涼了。

二〇二〇年二月的這個肺炎，讓我情緒複雜異常。關心好友李繼開的同時也會想起那天從天河機場載我和哥哥、姪女一起前往飯店的那位出租車大叔。他一邊開車一邊侃侃而談國家為了搞好軍運會花了多少個億來讓武漢大躍進的，還特別說了武漢的街道現在有多麼的衛生乾淨。他以身為武漢人為榮。

當我發現這個奇怪的「方艙醫院」就建立在那個讓我有著美好歌舞青春記憶的武漢客廳時，我的心臟突然不規則且異常用力的跳動，啊！我和武漢肺炎竟然是用這樣的方式連結的，即使百般不願意，但事情就這樣的發生了。

這段時間，無論媒體怎麼報導，其實我都沒有恐懼，也沒有去排隊買口罩，不是不以為意，而是複雜的情緒蓋過了一切。如果這個二月是個如以往一樣普通的二月，我是不是就能飛一趟香港，跟我在廣告生涯亦師亦友的馮先生（他在二月初得知罹患了肺腺癌末期）好好道別？如果這只是個普通的二月，我是否就沒有藉口地可以為我即將改變的人生做好關鍵的處理呢？

籠罩武漢客廳的那塊黑幕沒人知道是尚未落下還是仍未升起；沒人知道這個病毒將會怎麼改變我們的二〇二〇年三月、四月或者五月；更沒有人知道「武漢客廳」會成了「方艙醫院」。比較可以確定的是，黑夜與白天總是交互進行，這樣的如常與無常，都是人生的一部分。

香港 / 文 / 潘源良

圖 / Rita Ip

一剎那我們回到了洪荒年代
手掌大小的蚊子
目眩彩衣是蝴蝶
清泉流下 泛起波紋的泓水
卻不可喝
叢林圍布的事物中 大的要避躲
小的 微小的 看不見的 打進腦門的
更加可能致命
躲到洞穴裡

把狩獵時用生命搏擊攫取的一切耗盡
還是
走出去 暴露在喪命的可能
換取
未來

別人在那裡
他們怎麼樣
靠遠山遙遙的呼叫
和洞壁上描畫的符號
猜中有時
猜不中有時
這 是可靠的互聯方法嗎

兇猛的獸都不講道理
更別說互相幫助
人 要透徹了解另一個人
何嘗不是
緊緊抓住的
是右手跟左手
父母子女
血緣是祝福也是詛咒
是群策之力
也是 愛的負累
聰明一些的據說總有存活方法

用某些人的犧牲
換某一些人的延續
可每一個人都是一個人
或許從遠古開始
人就不止於像猛獸一樣
站在僅求存在的底線
要跨過這一紀元
這底線 請不要 繼續退潮

據說在幾億年後
有一種進化論之類的說法
那是
當時的人對累積下來被犧牲掉的人

的 墓誌銘

只是

在這個重新定義的寒武紀

當我們手牽著手

小心翼翼地從山洞中探出頭來

別忘記把一身裝備

牢牢綁在心上

以真善美求之

以信望愛養之

以智仁勇行之

以天地人存之

步向未知的可能
步向億萬年後的二〇二〇
再一次驗證歷史
我們不止存活
我們戰勝了
自然的獸性的恐懼的沒靈魂的
蓄意或無意的
惡咒

*寒武紀是史前年代，距今約五億四千多年，是脊索動物（後演化成脊椎動物及人類）的初現時期。

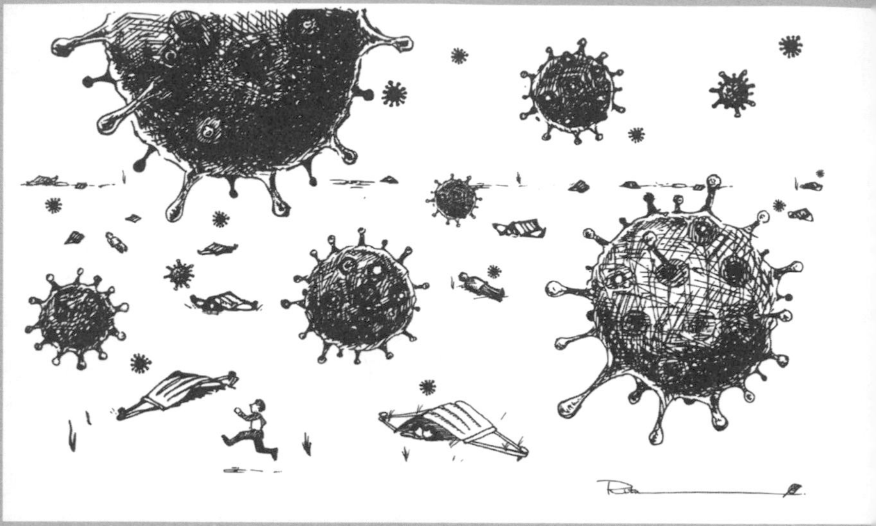

【柒】

「你怕肺炎？」美麗的陌生女子摘下墨鏡問他。

下午時刻，他坐在咖啡館戶外桌，女子突然坐到對座：「所以不待在密閉室內？」

他搖搖頭，晃一下手上的菸盒，表達自己的理由。雖說陌生，但他見過她。

「妳剛剛排在我後面。」他說。

「結果雙號不是今天。」女子說。

他聽了，從口袋拿出一個信封，遞給女子：「給妳吧，我不需要。」女子接過，裡面有兩枚印著卡通圖案的口罩：「好醜，我付你錢。」

「不用。」他說。

女子看著他，站了起來，緩緩傾身，靠他的臉非常近，接著拿下棒球帽，讓長髮落下來，冷冽的表情很性感，低語問：「你怕被傳染嗎？」

他也看著女子，不懂，不過不懂卻不躲正是開啟神祕之門的鑰匙。現在他站在門前，等待神祕開啟。果然，事情發生了，女子吻上了他，不是頰，是唇，在街上，在不是很冷的二月天，在相見僅一分鐘後。

吻得有點久，這是在傳染他肺炎嗎？是的，他知道這種故事，她正在傳染給他。二〇二〇年二月，新型冠狀病毒肆虐，但她的唇好軟，吻得沒有半點敷衍，而且今天是情人節，天氣晴，何況他正在小小的傷心中，所以又何妨呢？

吻終於退開，女子不再溫情，眼神飄向對街的捷運站口，說：「該走了，這是好心的報答。」

這時天竟陰了，飄起了雨。

「我知道，妳趕時間。」他悠悠地說。

【壹】

A的態度變冷了，群青感覺得出來，但不能說破，因為一開始兩人就說好不要給對方壓力。一旦說破，就形成一種無形的要求，會蛻變成有形的壓力。

「說不定我會喜歡上別人。」群青曾經試探。

「哈，如果那樣，我可能會更愛你喔。」A說。

他有點傷心。

「好些了嗎？去看妳？」群青line A。

「別來，免得傳染，現在感冒很容易被誤會。」

「嗯。」

「你應該去排口罩，今天星期五。」A提醒。

「沒有這麼嚴重。」

「你看不到病毒，牠們可能在電梯間，公共廁所，或你的手機面板。」

我的手機面板？群青結束App，抹抹手機。A剛剛怎麼說的？她說今天是星期五，而不是說情人節。呵，她不再記得這些日子了。

「起碼她記得我身分證是單數。」群青自言自語。

【貳】

「口罩妹沒口罩了。」抽屜裡面的口罩盒空了，她自嘲。

一年來，她每天戴口罩墨鏡棒球帽出門，一開始是暖男要求她這麼做的：

「妳不知道牠們在哪裡，牠們可能在天臺，在捷運站口，在妳看不到的車窗裡。當妳不小心拿下墨鏡口罩的時候，就會出現。」

聽起來像病毒。

她那時還有男友，下不了決心與暖男的關係該何去何從。男友生日那天暖男病了，她得去party，暖男說：「留下，妳跟別的男人在一起，我會發燒到死。」

她於是留下。

暖男要參選，她被拍到了，成了媒體口中的口罩妹。暖男怎麼處理呢？暖男瞬間變成渣男，無情切割出賣她，以及，她的所有好心。這下她戴口罩不像是怕被傳染，倒像是怕傳染給人，她變成病毒了。

【參】

按照幾天來的默契，群青觀察到，排隊買口罩的人龍會自動反覆轉彎，縮短隊伍長度，以避免影響隔壁店家。

因為折返隊形，一個本來應該在他後面許多的女子現在站在他右側，與他面對面。女子戴著墨鏡與棒球帽，身材高挑，讓他想起逐漸對他冷淡的A，尤其隊伍中只有他倆沒戴口罩。

當女子第三次低頭看錶，他心想要不要告訴對方，若趕時間可以跟她換位置？隊伍動起來了，他沒有開口，他們向左走向右走。

【肆】

再叫我口罩妹就翻臉，現在可是你們在戴不是我。為什麼隊伍要反覆轉彎？為了隔壁商店好？呸，好心是這世界上最犯賤的東西。

她排在口罩隊伍時這麼想。

Apple Watch 突然震動，她低頭看錶面的簡訊：

「媒體問渣男情人節要陪老婆還是口罩妹？」是她姐妹淘傳來的。

「渣男 Show 出手機裡戴口罩的老婆照片說，當然是口罩妹。」又補來一則。

「Shit！」她脫口噴出。

一個排在前面的男子，因為折返隊形站在她的左側，不斷偷瞄她，不用對眼就知道也是個渣男，渣男都怕死，渣男都覬覦她。

手錶第三次震動，姐妹淘交代：「別出門，狗仔今天會盯妳。」

【伍】

群青付了錢，領了裝在信封裡的口罩，放進口袋，離開了藥局。他跨步過街，行人冷清，哎，這款情人節。

來杯咖啡來根菸吧，對面總是擁擠的咖啡館內沒客人，大家都怕密室傳染，他選了戶外桌。

【陸】

藥劑師看看健保卡，又看看沒戴口罩的她說：「小姐，妳的身分證是雙號，不是今天，今天是單號。」

「今天不是二月十四日？」她不解。

「今天是星期五。」

「沒口罩……。」

她看一眼捷運站口，果然有鬼祟的狗仔。

夠了，她說：「……那就給他發燒到死吧。」

在古城的心中點燈

出國留學的女大生，在戰爭結束後重返家鄉。抱著急切但忐忑的心情趕回舊宅院，只看見斑駁的牆垣。這裡靜得不像人間，也不像地獄，只有無止盡的空寂，唯有聽見腳上的高跟鞋一步一步踩在地上、踩在心上的聲音。

一九三八年的夏天已經過去。她反覆地思索，家人閉上眼的那一刻，看到的是不是美麗的家園，那個最靠近天國的瞬間。

二〇二〇年的今天，不再有武器對著人們，不變的是寒毛豎立的恐懼。就如同電視劇《步步驚心》這個詞，自己生長的家園變成了野蠻遊戲的迷宮，不知道下一個危險在哪，不知道下一個明天在哪？

我在夢裡反覆的夢到，那個大宅院裡，靜悄悄的迴廊，只剩下懷錶指針的滴答聲。時間帶來了什麼？又帶走了什麼？記憶儲存在靈魂裡、在細胞裡，在夢裡屏息尋找著民國二十七年的過去、又在民國一〇九年的凌晨大口吸氣驚醒。

那個女大生，是我嗎？又或是我靈魂深處投射的一抹殘影？

在敦南誠品的街頭，翻閱著莫言的《紅高粱家族》，有一點唏噓、有一點感傷。在國難的時候，不分男女老少，有著無窮的勇氣、無盡的團結，平常的煩惱如同江水無法停歇，卻在這個關頭盡拋腦後，他們只是想活下去。

在國高中青澀的求學旅途中，那個歷史課本上八年的浩劫，就像深深埋在心裡的種子，不敢讓它浮上地面，在一兩次不小心冒出芽時，被同學視為異類，而小心翼翼的將那些情懷掩埋。

午後小歇，想著當年的時空中，凝聚著死亡的氣息，所有平生珍視的一切化為烏有，僅剩下一口呼吸；憋住，還有活路；憋不住，家人也保不住。每每掩卷沉思，在心裡默默的流淚，只能為曾經痛苦的靈魂祈福。我彷彿可以聞到滇緬公路上慢慢乾掉的血味，烈日晒著，而那些年輕的生命卻再也回不到家園。是不是只有死亡，才是他們的救贖？

我們都是相連的，就如同蝴蝶效應一樣，我相信那些過去一樣也在人們的潛意識、身體意識裡面。經過了一段很長很長的歲月，在同學歡樂度日、輕描淡寫的帶過之後，也漸漸讓那些曾經的淚水淡去。

就像在無盡的黑夜裡拿著火炬的守夜人，他們拿的不是火炬，而是希望。他們盼著黎明，卻總等不到曙光。在這看不見終點的路上艱辛的走著，大家都一個一個沖散了。戰將的餘生，回憶的不是戰功，而是曾經有過的甜蜜歲月、寧靜家園，牙牙學語的孩子、臉上布滿斑紋的老母親。下輩子會不會再見？如果可以向流星許願，他想再抱抱他的孩子和母親。

「一轉眼，場景又染紅一整片。望著天，喚不回曾經的誓言。說再見，短短的一瞬間，閉上眼，幸福只剩殘缺。」高中聯考剛結束的我，戴著舊式的 mp3 隨身聽，一遍又一遍的聽著。想繼續聽，又不忍繼續，躊躇跺著步、望著驕陽，這跟當時照耀在雨花樓的太陽，是否相同？老船工只能在照片裡看著當時的女友，就算流乾眼淚也無法再攜手共度。

當年的事件如同蜿蜒烙在靈魂的圖騰，需要一次一次的在心裡和自己和解。那些殘破的影像，壓抑成扭曲、黑暗的能量，痛苦不僅會傷害世界、也會反噬自己，一念成佛、一念成魔。心中無解的念頭，到底是對命運的質問、對暴力的憎恨，或者只是一種無法反抗、無法阻止一切的脆弱感？我們都盡力了，無論是上天給予的命運或慈悲，亦或是自己一路走來的足跡，就讓一切遺憾留在那個時間和空間裡。記憶與情緒如同水紋，一圈一圈淡去，就算想起，感傷已經是微微的了。

武漢，封城了。絕望的氣味，在空氣裡氤氳、哽咽。一個看不見未來的牢籠，掙扎與不掙扎都只能看著它蔓延。這時感到一個人的渺小，卻也感到一個人的珍貴。所有的生命都值得被尊重與珍惜，一山一河、一草一木、一禽一獸。最壞的時代，也是最好的時代；投射出去的一切，終將回到自己手上；願千千萬萬的人，送出愛與關懷，可以複製無數的幸運，讓它們變成好多好多的禮物，再分送到需要的人手上。

千年古城的浩劫，那些記憶和血淚，也許徘徊著、也許重播著。我們在大街上匆匆走過，趕著上班、聽著耳機，每個人的表情沒有太大差異，帶著微微的冷漠和若有所思的神情。心門上有一個重重的大鎖，可以打開它的鑰匙每個人都不一樣。偶爾微光煦煦，輕輕灑在路人的臉龐，就在那吉光片羽的時刻，憶起曾經心底柔軟的一隅。

祖先流過的淚水、汗與血，滲入土地，綿延成一條貫通古今的大道，讓我們一代一代走下去，去耕耘、去守護。衷心的感謝曾經用血肉抵禦一切的先人，以及用生命守護人們的醫療天使。「上九，傾否，先否後喜。」當情況壞到不能再壞，將會迎來轉機。

打開時空隧道的門，讓這一世的自己，和前生的自己相遇、互相感謝與擁抱。我們相識一笑，讓那些驚懼的淚水，都變成喜悅的甘露。於是我們旋轉腳跟回望，把曾經在防空地道裡匍匐的自己拉出來。「謝謝你的努力，辛苦了！」「也謝謝你，願意回頭救我出來！」我們都不孤單，當羽毛飄下的剎那，所有的心碎都化為晶亮的碎片，回到宇宙的微塵裡。

愛，是唯一的信仰。不管是慈悲心亦或是拔度、超薦，願天下的有情生靈，得以不放棄希望；而亡者，得以安息。讓心中的火炬蔓延，我們將聖火代代傳下去，讓火種永遠永遠不要熄滅。眾人將手圍成一個大圈圈，燃起熊熊的火堆，讓愛的能量堆疊，絕望就沒有存活的空間。滋養恐懼，恐懼就增長；滋養慈愛，慈愛就豐盛。

千萬人家，盞盞燈火，我們選擇流傳下去的，是什麼呢？

Captain's log
Start date : 202002.29
Assignment : Observation
40° N 116° E

今天是地球曆的2月29日，自從1日降落到40° N、116° E（中國北京）後，今天剛好是一整個地球月，以下是這個地球月中火星人的觀察：

1號到北京，路上沒車沒人沒聲音，這時覺得，北京真的挺大的。

火星人筆記：挺好的，跟火星很像，火星人很喜歡，沒有聲音，沒有氣味，是最舒適的狀態。

大概在3號那週，中國人的網路上出現一個段子，這個段子來自兩年多前：「給你一個房間，溫度正好，有食物有手機有wifi，但不能出門，你能待多久？」在這週，這個段子突然中國人都在說：沒想到有生之年，真能碰到這件事，還普遍哀嚎當初真是太看得起自己了……。這個段子還有個加強版是：「有人說，給你十萬，讓你一個月不出門……。」回應這個的中國人多半在深情呼喚，「那個有人」你快出來啊，十萬咧……。

火星人筆記：地球人很奇怪，好好在家不行嗎？為什麼一定要出門，火星都沒有人……。

在10號之前，這地完美複製查理巧克力工廠該有的樣子，只要在通訊器上交代好要的東西，奧柏倫柏人就會無聲息的穿梭於街頭，把東西送到，而，這些奧柏倫柏人的酬勞，也是只要一兩袋m&m's的價值。

火星人筆記：好吧，火星沒有這個，火星人回火星時，一定要帶他們一起走。

10號開始：包含40° N 116° E的多處開始封閉式管理，意思是奧柏倫柏人再也不能直接把東西放在家門口，只能放在大樓/小區的外面，而且，大家都要有通行證才能移動，在移動中，都要被一種低週波雷射槍打一槍才能通行，打這槍是為了確定身上沒有被異形占領才可以走。

火星人筆記：火星人其實沒看清坐標，降落到了 LV-426 星吧，誰 call 一下蕾普莉叫她回來處理一下好嗎？

再筆記：火星人真的很喜歡奧柏倫柏人，火星人要讓 TARS 先回火星種些巧克力，好讓他們願意跟火星人一起回去。

再再筆記：對，TARS 幫忙完 Cooper 和 Dr.Brand 就來火星找火星人了，因為 TARS 喜歡火星人的幽默設定值跟他一樣。

17號這週，40° N 116° E 好像自轉變慢了，因為沒什麼地球人可觀測，所以火星人看了好多電視，火星人突然想到，如果地球上的人類都不能出門只能在家的話，那火星人還能看到這麼多好看的電視嗎？

24號這週，一樣，沒人，無聊……。

29號這天是這個月的最後一天，有點小雨，超級大陰天，火星人照慣例去大門口找奧柏倫柏人拿東西，走到快大門時才發現，忘了戴口罩，突然發現，這段時間，沒戴口罩比裸奔還嚴重……尤其擔心火星人的身分會被曝光到時被捉到51區去，但其實，能自由呼吸新鮮空氣的感覺真好，都忘了上次這樣是什麼時候。

火星人筆記：你們地球的確有一點還不錯，就是空氣還行，不過，這也快不是你們可以高興的了，很快，你們會跟火星一樣的，這時火星人如果再把奧柏倫柏人帶走，你們也就沒有研究價值了……。

呼叫：嘿 TARS 巧克力收成如何了？

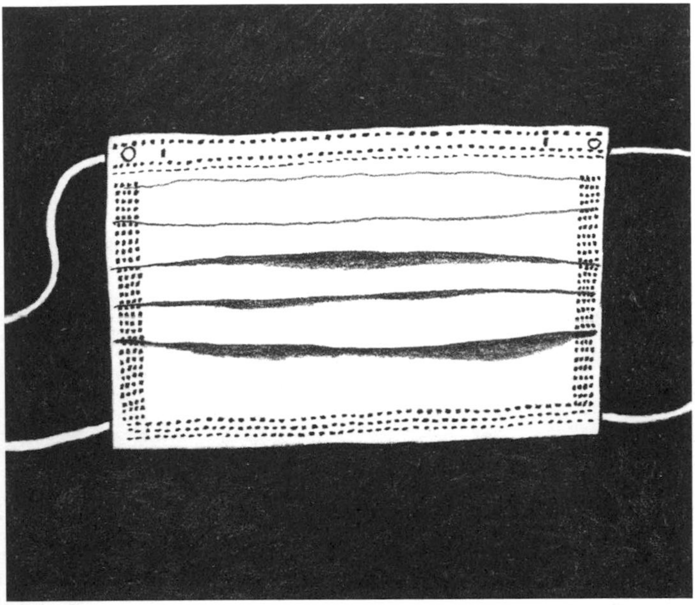

從來沒想過，一月時隨處可買的口罩，
到了二月，變成有錢也買不到的東西。

家裡有存貨的人，生活忽然就感覺踏實。
沒有的人只好自求多福
但是記住不能隨便喉嚨癢乾咳幾聲，
人心是很脆弱的。

這個二月很理所當然
又忽然覺得荒謬的真實。

藍色二月 / Blue February

那是大約二〇〇〇年左右，電影《Billy Elliott》的最後，離家習舞的小男孩長大了，一向不接受兒子跳舞的父親第一次願意上倫敦看他演出。耳邊先響起的是從小聽熟爛了的柴可夫斯基《天鵝湖》旋律，接著長大的 Billy 映入眼簾，赤著上身和雙腳，下著白色流蘇羽毛褲，全身包括頭髮皆刷成一片冷白，塗抹煙燻的雙眼深邃神祕，額頭順著眉心往鼻樑一抹尖尖的黑墨，勾勒出天鵝的鳥喙。男版天鵝？柴可夫斯基的音樂震天嘎響，我還沒從震驚中反應過來，Billy 以大白鳥的姿態往藍色的舞台中一躍，電影結束。這一幕，不過兩三分鐘光景，在我腦海裡燙印下灼熱的痕跡。

二〇一九末，耶誕假期回台期間，滑手機時隱約看到新聞透露武漢似有神祕怪病出現，還沒怎放在心上，滑著滑著倒是滑出了近二十年前電影裡看到的畫面：一群赤著上身，全身刷白，下著白色流蘇羽毛褲，鼻頭額間皆是那抹尖尖黑色鳥喙的男舞者。時隔多年，沉睡心裡已久的震撼瞬間浮上，這是一齣真實存在的舞劇？馬修・伯恩（Matthew Bourne）版的《天鵝湖》將在紐約巡演。一直以為那只是電影《Billy Elliott》裡的橋段，怎都沒想到這樣的創作竟真實存在，我過去這二十年是都瞎了眼聾了耳嗎？二話不說，秒速在手機上完成購票。

假期結束回到寒冷的紐約，正式邁入二〇二〇年，武漢肺炎疫情整個爆發，忽然之間所有有關亞洲的新聞和影像皆是一片口罩。西方國家不時興口罩文化，戴了只是讓別人以為你是帶菌者，遭人嫌惡的目光甚至不友善的對待。縱使這樣，地鐵裡偶而還是可以看到零星幾個戴口罩的亞洲人，不由得佩服他們的勇氣。二月一日是我的《天鵝湖》場次，遠在亞洲的疫情如火如荼，心裡有點猶豫劇院是個群眾聚集之地，但是這念頭不過在心頭渺渺飄過，一下就無影無蹤。《天鵝湖》之於我是年少時的情感，那是父親最喜歡的芭蕾舞劇，常在國外舞團來台公演正式彩排的時後替他們拍照，多年後甚至還開過幾次有關天鵝湖芭蕾舞的攝影展。我不是習舞的人，但成長過程中有幸隨著父母觀賞過數不清的天鵝湖舞劇，舉凡世界級的波修瓦芭蕾舞團（父親還曾獲當時頂尖的首席女舞者簽名的舞鞋）、莫斯科舞團，甚至日本舞團等等，我都很幸運的親眼目睹他們的精湛演出。雖然當時年紀不大，但哪一個舞團的舞者功力紮實與否，肢體如何展現力與美，我都可以感受差別，柴可夫斯基的《天鵝湖》更成為再熟悉不過的曲目。

帶著期待的心情入座位於曼哈頓中城的劇院，距離上一次觀賞《天鵝湖》已經太過遙遠。心裡想著，馬修・伯恩究竟怎麼改編屬於他的版本？古典《天鵝湖》裡著名的黑天鵝段落他又怎麼安排？序幕拉開，時空的設定是現代。馬修・伯恩描繪了一個自小沒有父親的王子，只有一位沒有愛的能力、嚴峻冷漠的母后。他生活在令人窒息的王室，身邊的女友是被安排的，圍繞他的是令人喘不過氣的規矩和職責，這一切都塑造出其性格的孤獨和脆弱，是一個非常不快樂的憂鬱王子。而古典版《天鵝湖》裡受到詛咒，晚間才能變回人類，等待王子拯救的天鵝公主，馬修・伯恩則摒棄了優雅纖弱的女舞者，轉而以男舞者來呈現野性難馴，危險不能靠近的雄天鵝形象。狂野振翅的大白鳥代表的是強悍又自由的精神內核，他是受到拘束、窒息、鬱悶王子的反面與鏡像。

天鵝這個角色在馬修・伯恩的塑造下，從來不是什麼受到惡魔詛咒，要夜晚才能恢復人樣的角色，這是一個從頭到尾以一種神祕白色生物的形象，展現野性、強壯、美麗和力量。也許真的有這麼一群天鵝存在，也許這其實只是王子在精神瀕臨崩潰時的幻想。這群全身刷白的男舞者在舞台飛躍著，下身的流蘇白羽毛隨著音樂在空中細碎的甩著閃著，脖子如大鵝般地扭動，雙臂如翅膀一般大大地揮舞，音樂張力和舞者精湛的肢體語言讓人忘記台上的是人類。馬修・伯恩當然也不忘注入一些幽默，傳統天鵝湖裡著名的「四小天鵝」輕快舞曲，一般由四名女舞者雙手相互交叉抓著，以同樣的舞步呈現一致性，非常考驗女舞者同步的功力。馬修・伯恩幽默的改用四名男天鵝舞者一起跳著滑稽的「四丑小鴨舞」，刻意呈現歪歪扭扭的不一致，詼諧逗趣，反倒很能表現小天鵝的頑皮和天真。

一段王子和天鵝相遇的對舞，柴可夫斯基的小提琴獨奏絲絲入扣，野性裡透出一種很深刻的溫柔。這是描述領頭的大白鳥雖仍捉摸不定，但他漸漸一點一點的敞開自己讓王子接近，是此劇很關鍵的一刻。天性不羈的野生動物慢慢信任接受人類，在男舞者忽而陽剛兇悍忽而細膩溫柔的肢體動作裡完全呈現。我事後才知道此舞劇在一九九五年於倫敦初演時，曾被媒體批評為 Gay Swan Lake（同志天鵝湖），實在狹隘。男男共舞的畫面是很懾人心魄，野性間透出的溫柔散發一種電流，確實讓人怦然心動，但同時那也是人和動物之間的心意相通，兩者是交疊交融的。王子從人類處得不到任何的親情和真愛，但在那樣的瞬間，內心第一次被溫柔的碰觸與接納，而那溫柔來自一隻野生的天鵝。

畫面一轉來到皇宮舉行的舞會，此時闖入一名全身黑衣黑皮褲的陌生來客（原來這就是黑天鵝的詮釋，古典《天鵝湖》裡通常由同一位女舞者演出白天鵝／黑天鵝，這裡一樣是同一位男舞者同時飾演主天鵝／陌生來客），他狂放不羈，以性感壞男人的形象現身，一出場就主控整個場面，抓住所有觀眾的目光，一路撩撥舞會中每一位女客，最後連冷漠的皇后都承受不住拜倒在他的黑色皮褲之下。傳統黑天鵝有名的「32大旋轉揮鞭舞」大膽魅惑，這裡則由陌生來客要著一支皮鞭子，和其他男舞者以性感奔放的拉丁群舞來表現其澎湃。舞會裡一旁看在眼裡的王子，心中充滿了疑惑與不解，一種似曾相識感油然而生，陌生來客難以捉摸的性格和野生天鵝似乎非常相似。接著王子憤怒陌生來客和其母后的不倫互動，最終抓到機會和其對舞（對質），柴可夫斯基的音樂由繽紛的圓舞曲忽然切換到悲戚的小提琴獨奏，舞台也剎那染成一片憂傷的藍，王子在陌生來客身上試圖尋找天鵝的影子，想要確定些什麼，陌生來客卻極其殘忍的刻意折磨王子。這裡的對舞帶點哀傷的阿根廷探戈影子，表現的是王子帶著渴求、糾葛、痛苦與質疑的情感。

故事的最後是令人心碎的，在王子精神瀕臨崩裂的最脆弱時刻，負傷的天鵝以相當奇異的方式再度出現，他伸展開寬大的羽翼像個天使一樣想要包覆保護近乎破碎的王子，卻引起其他群鵝的憤怒，認為天鵝背叛了他們的世界向著人類，最終在群鵝的攻擊下，天鵝消失，只剩滿天飄逸的羽毛，那是孤獨的王子最終自己靈魂投射的幻想，追逐著對抗著直到力竭，在絕望和瘋癲中死去。古典童話的浪漫和純美，在這裡是壓抑、扭曲又孤獨的世界。王子其實才是貫穿故事的核心人物，戲劇真正的支點是人類渴望愛與自由的心靈，美好又脆弱。自由是屬於天鵝的，死去的王子終究才能加入那個沒有束縛的世界。

走出劇院，二月的紐約只有三度左右的低溫，心頭卻是火燙的。馬修．伯恩的創作是舞蹈劇場，所有的舞者也皆是出色的演員，載著觀眾的心，跟著那些白色羽翼一起飛。柴可夫斯基的音樂一向很有渲染力，此版本的《天鵝湖》更是特別驚天動地的撼動我，那股悸動在落幕後超過三個多星期依然持續，心中那潭湛藍色的湖水一點沒有要消退的意思。我終明白為什麼馬修．伯恩曾說，創作的時候他關注的重心是人類（王子）追求自由與愛，以及動物（天鵝）和人的連結情感，他並無刻意將其改編為刻畫同志情愛的意思，但王子歷經的痛苦折磨、對愛和被接納的渴求，或是天鵝不被群鵝接受其接納異己（人類）而遭攻擊，在相對保守的九〇年代，的確深深碰觸很多同志觀眾的內心深處。如此顛覆經典作品，王子和天鵝同一性別的設定，在二十年後的現在也許不再引起一片譁然，但那個藍色舞台上所流散出的電流仍令人無法招架，依舊非常令人動容，每一次的謝幕，觀眾的掌聲都像是要將屋頂給掀了般。因為不論同性異性，誰不希望得到愛、接納與自由？最終這個《天鵝湖》作品，仍是給所有人的。感動，從來就不需有性別或性向的區別。

電影《Billy Elliott》最後驚鴻一瞥長大的 Billy，原來就是此舞劇的第一代雄天鵝舞者亞當・庫柏（Adam Cooper）親自客串演出。電影確切的探討喜歡舞蹈的男孩受到的訕笑和不被大眾接受的困境，馬修・伯恩的《天鵝湖》用很正面的角度去詮釋男性跳舞的模樣，讓人能夠有多一點想像一個男芭蕾舞者可以有的樣子。舞蹈的部分完全為男舞者量身訂做，淋漓盡致的展現其力與美，成為舞台的焦距，更提供機會讓他們也能賦予角色豐富情感，不再永遠感覺次要，侷限作為女芭蕾舞伶的陪襯。電影順勢推舟以雄天鵝的片段作為結尾，完整了整部電影想要傳達的訊息。這兩部作品，引發了很多男孩的舞蹈夢，更鼓舞了很多習舞的小男孩。包括這次輪流飾演天鵝角色的三名男舞者，皆在八、九歲的時候分別不是觀賞了電影，就是此版本的《天鵝湖》，進而一致將演出天鵝一角視為夢想與目標。對於這部電影我衷心的感謝，若不是亞當・庫柏最後一幕短短的三分鐘雄天鵝的形象，讓我一目難忘，不會在二十年後有這個機會享受這場表演的美好。

二〇二〇年二月一日那天晚上，我的心被天鵝和王子偷走，穿過舞台，沉浸在藍色湖水裡，用柴可夫斯基的音樂淹沒自己，彷彿置身在不同的星球一樣，忘了地球上的武漢肺炎、忘了包機撤離的新聞、忘了美國的選舉和辯論、更忘了總統沒能被罷免成功的惡夢。近四個星期過去，美麗強大的天鵝和孤獨脆弱王子的身影依然揮散不去，決定就繼續耽溺在這片藍色裡吧，很憂傷，但很幸福。二月，是屬於《天鵝湖》的藍。

一覺醒來

一覺醒來，窗外像是進入了夏天。綠樹和藍天，透過厚厚的門簾可以看到一點，陽光打進屋子裡，照在我昨天畫的大畫上，那畫仿佛是自己發出了光一樣，一切亮了起來，鮮豔的顏色更鮮豔了。而我躺在床上希望自己變成回一個少年，因為那時候就是一個人生命中的夏天，陽光總在透亮，撩人出去玩兒。有些感受在瞬間消除了這幾十年的時間，像是一切過往的事情就是一場長夢一樣，我又回到了夏天。

天氣一下子熱了一些，武漢前段時間的冬天一夜之間便離去了，小腿上感覺隱隱出汗。一進三月春光不負，柳樹迅速吐芽了，四處樹和草的花開始冒出花骨朵，繁花的季節又要到來。這些日子一時下雨，一時豔陽，一直被關在屋裡的人們眼見這空蕩蕩的城市回了春，看到這個世界在季節轉換中重新變了個樣子，像是蛻了皮的動物一般。四季轉換喚醒人既熟悉又新鮮的記憶，上了一定年紀的人的記憶如大樹的年輪，仔細看看時看到一圈圈有規律可循，而又每一圈都不一樣。重新回到一個新新鮮鮮的世界真好。武漢這個經歷冬眠的城市卻還沒有真正醒過來，所有人都屋裡在等待，那些冬夜的暖燈一直保留到現在，什麼時候才可以破殼而出？

在這樣周而復始的日子裡，一天會過得很快。我畫畫，完了一張就馬上又開始另外一張，每次回看手機裡畫每一張畫時拍的步驟照片時，又覺得已經過去的一星期的每一天是那麼漫長，一週之前的畫好像是過了很久時間似的。就這樣子在日復一日單調勞作中，漸漸屋子被畫堆占了。而事情還沒有結束，不管有沒有足夠的耐心，誰也不能預見未來，就如同在春節之前我根本不會想到自己會這麼長時間被關在這個工作室裡，在這個果殼裡不斷面對自己，在有限的空間中讓自己忙碌起來，打發時間去創造自己的宇宙。這樣密集的創作的唯一現實意義就是自己和自己說話，當然是用繪畫的語言。人像是在認真閱讀一本字典似的，在單調的一天又一天裡儘量豐富去做著事情。在塗塗畫畫中帶來我熟悉的過去世界的氣味，一筆又一筆，我有點像是一個在接受初級素描訓練的少年，畢竟我就是這個樣子一筆筆畫了二十多年過來的。畫畫的每一筆對於我就像是划船手的動作一樣，單調，但又是抵達某個彼岸必不可少的動作，單調，就像是秒針在一圈圈的走。

我在繪畫中度過時間之河，航行在河流中的每一下劃水就是在我畫布上劃過的每一筆，沒有辦法，這就是一個人的命。就像一個作家寫下每一個字，一個廚子切的每一刀菜一樣，不管事情完滿與否，只能這個樣子幹下去，畢竟幹活並不耽誤春風暖暖地吹進屋裡，不抬頭也會知道天地又在起了變化了。

很快溫暖起來的夜晚裡，蟲子就會多起來，幾場雨再一下，夜晚草叢中此起彼伏的全是蟲子的歡叫聲。不知道樂在當下的蟲子們有沒有想將來，在畫著每一筆的我漸漸開始放棄打算將來了。每一幅畫占用了我生命裡的時間，看著它們不管優劣與否，我都會想起畫畫的時候自己的狀態和樣子。每一個畫畫的人不都是這個樣子過來的，做著反反覆覆的動作，為自己經歷過的時間留下當時的證據。我每次集中精力保持熱情的畫畫，往往只有不到一個小時的時間，然後會退開去思考和感受，有些無聊但又似一個捕鳥的人一樣在等待鳥的靠近。陽光打在臉上，我像種在窗前的一株大萵苣，萵苣葉子舒展寬大，身體結結實實。自從封閉在屋裡，對食材就敏感了，動不動什麼都想買，只要有機會團購的就使勁去團。物質就是陪伴我的朋友，大米土豆、成坨的顏料，看著一天一天它們在減少，事情都很具體。

自己除了每天畫畫，就是為了解決吃飯而親自下廚了。我很少有這麼頻繁自己動手做飯的時候，在小時候父母出差時偶爾自己會做一點飯菜對付一下，那個時候飯會煮麵會下，偶爾會發明一個蘋果炒肉片之類的川菜，當然是很難吃的。那個時候沒有什麼超市的速凍食品，更沒有什麼外賣之類的。如果說有就是父母單位的集體大食堂，每次飯點時經過食堂就會看到無數雪白的大饅頭和包子在摞得高高屜子裡，熱氣升騰像一座座修仙的塔。我們家極少去食堂光顧，連飯菜票都沒換過。去集體食堂吃飯的多是廠子裡的單身工人。不過那都是很久以前的事情了，是另一個時代的故事。後來我在看王小帥導演電影裡的關於「三線工廠」故事的時候，喚起了很多從前關於灰色工廠單位的記憶。現在時日漫長，連做飯洗碗都一板一眼，坐在板凳上擇菜便可以擇上半個鐘頭以上。聞著手上菜苔的清香，想想安靜世界裡可想可不想的事，有些從前的感覺就合著事情自己走出來了。

學校已經到了開學的時間，學生都在家裡上網課，從小學生到大學生都一樣。鄰居在微信群裡面購物，交流如何做包子和蛋糕，實在不知道還要被關多久，大家都很有耐心的樣子。看著微信群裡五花八門的麵點，有的做成老虎，有的做成兔子，像是人們都回到了祖輩待的村子裡。世界真的慢了下來。

前段時間半夜裡忽然就會刮起風，然後劈里啪啦下起大雨來，由於需要囤積食品，我買了很多的鯽魚，放在大大小小的缸裡。鯽魚們就在水缸子裡吐泡泡，一個個張著嘴像是要說話一樣。那幾天我天天吃魚，剖魚完了時不時身上掛著一身魚鱗，合著屋外風雨大作，幻想著自己身披銀甲會追風隨雨而去，就像小時候讀過的中國傳統神話故事裡那樣。我現在不再做這種稀奇古怪的夢了呢，兒童時期的一些關於中國古典神怪的幻想很少回到腦子裡面了。畢竟幾十年了，時代真的變了，我也成了一個正經的城裡人了，野外那些山山水水不過是旅遊時才會去的地方了。

天上的雨下了下來，匯成溪流，積在湖泊裡，然後流入長江中。我的生命裡倒是一直有水，小時候住在長江邊上，聽著江邊鐵路上火車嘯叫著開過，江面上的輪渡和輪船鳴著汽笛，有人把風箏從江對岸放過來。我現在住的地方離江邊也不遠，出門就望見湖水，武漢的湖面還是很多的，坐飛機時從天上往下看像是碎了一地的鏡子。在潮濕的季節裡四通八達的水串聯在一起，我兒時夢裡的大魚冷不丁的會游到我的家門口。

回想從前對未來的一些設想，從來是像去看山一樣，走到跟前便和初心大相徑庭，有些時候走著走著連初心都早淡忘了。未來已來的時候，人是一步一步走過的，當初的一些憧憬變了樣，而對於已經過去的時光卻是實實在在的發生和經歷了，就算是遺忘於一時，也會在某個時辰被一種偶然給喚起部分記憶，從而無比真切觸碰到那個從前的自己。一切已經永逝，這三四十年河山早已大變化，父母一代老去，真實存在過的世界前進至現在的這個樣子。我是仍在途中還是已到達生命裡某個已停滯的節點，一念及此仿佛真正的蒼老已悄悄走近。春風化雨潛入夜的一刻就在此時，「碧雲猶疊舊山河，月痕休到深深處。」想想自己現在每一個白天和黑夜的勞動，在畫布上留下的最終痕跡，此時一排排靠在牆角。這些繪畫的形象連通了一部分從前的自己，並延伸到未來的自己，這就是自己在這世界上真實的模樣。

李繼開 /《水窪》

李繼開 /《在有雲的天空下》NO.2

《比蝴蝶飛更遠——武漢效應的43種生活》

作者—王冬維、Gayle Wang、朱小亞、江河紅、何榮幸、呂靜雯、李淑楨、李繼開、易方、易林、林怡芬、林曉郁、法拉、邱仁輝、春美小姐、胡昭安、Micro Who、胡發祥、張永霖、張艾嘉、飯田祐子、黃仁逵、Wong How Man、黃偉倫 Frank Huang、黃新凱、楊智明、獅子王、Vivian Yu、詹毅文、雷光夏、廖又蓉、劉伯言、劉佳淑、劉政芳、劉銘、劉鋆、潘源良、Rita Ip、蕭雅全、賴加瑜、駱彼得、薛慧瑩、謝文心

發行人—劉鋆｜**美術設計**—胡發祥｜**責任編輯**—王思晴、廖又蓉｜**法律顧問**—達文西個資暨高科技法律事務所｜**出版者**—依揚想亮人文事業有限公司｜**經銷商**—聯合發行股份有限公司・新北市新店區寶橋路 235 巷 6 弄 6 號 2 樓・**電話**—02-29178022｜**印刷**—禹利電子分色有限公司｜**初版一刷**・2020 年 3 月・平裝｜**定價**—300 元｜

ISBN—978-986-97108-5-5

國家圖書館出版品預行編目 (CIP) 資料

比蝴蝶飛更遠 : 武漢效應的43種生活 / 王冬維
等作. -- 初版. -- 新北市 : 依揚想亮人文,
2020.03
面 ; 公分
ISBN 978-986-97108-5-5(平裝)
855 109003797